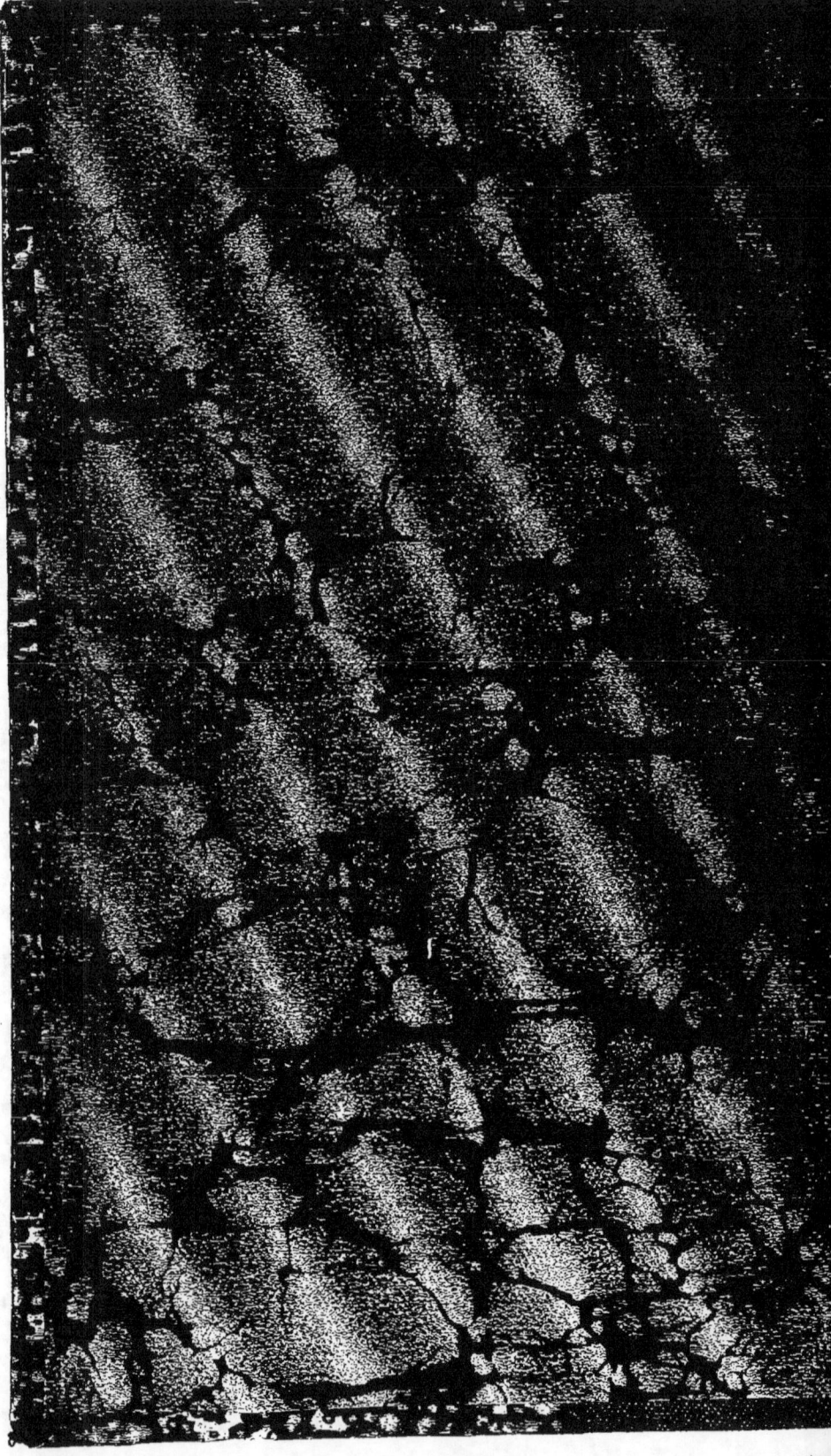

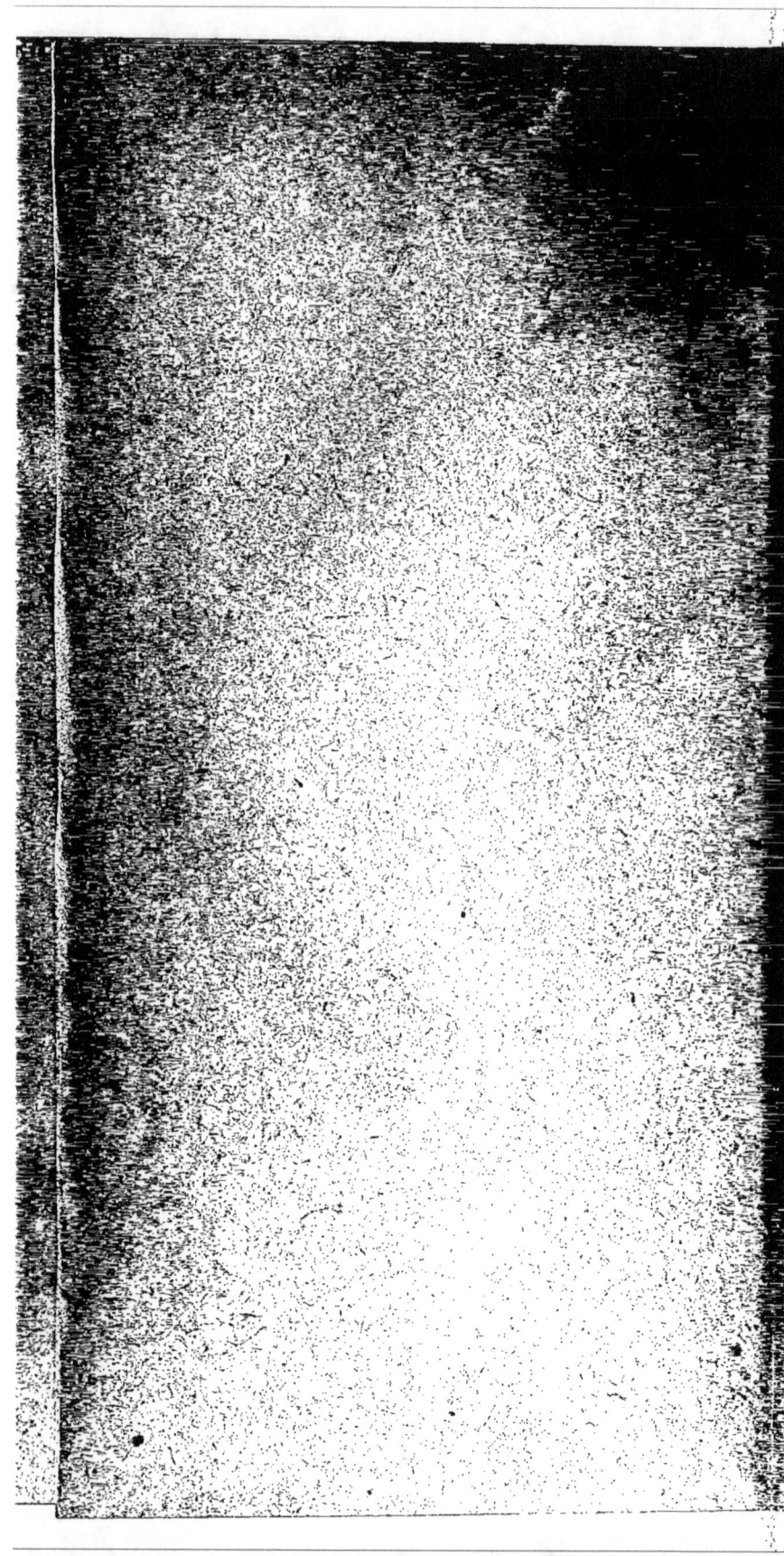

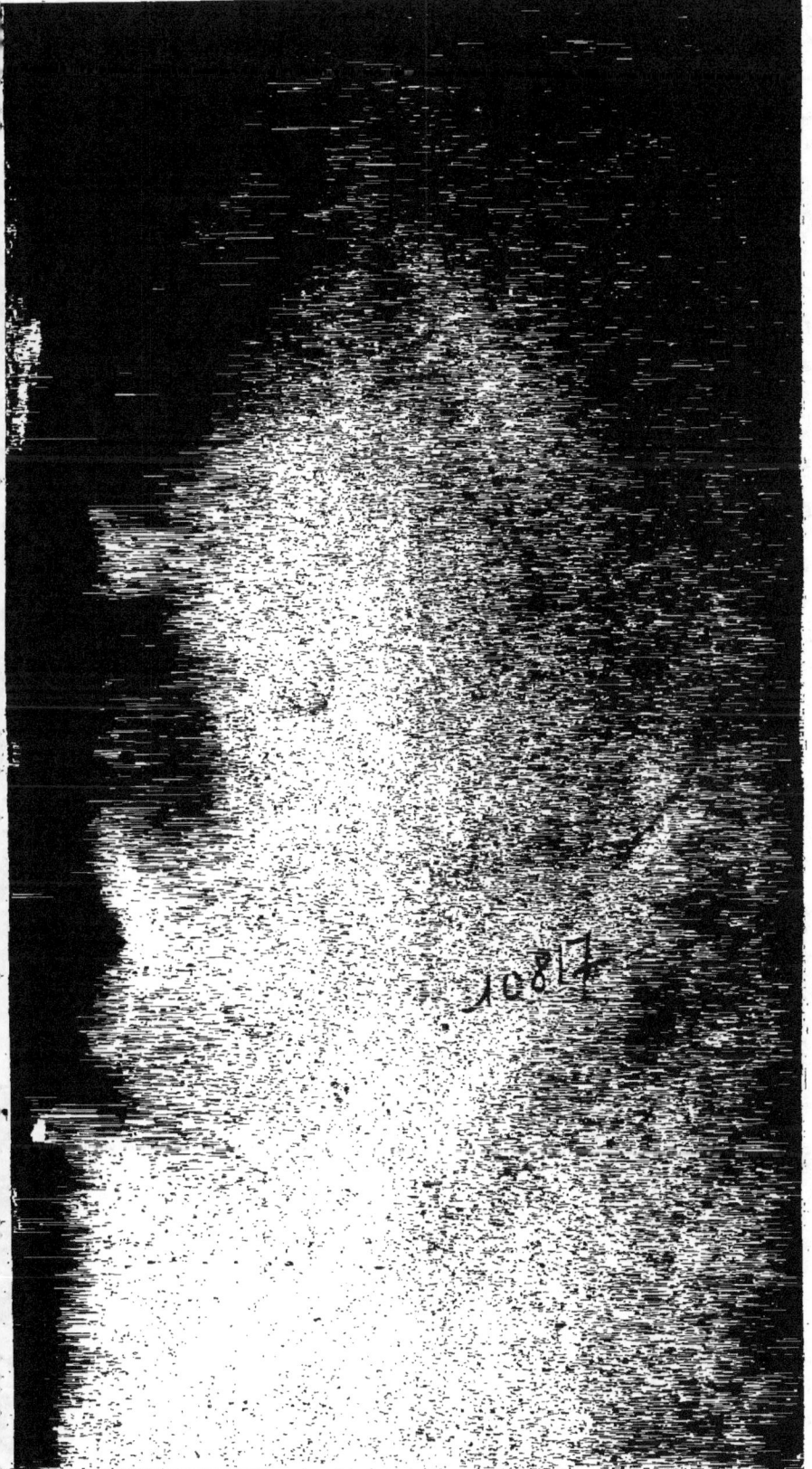

TROIS

FEMMES MARTYRES

DU MÊME AUTEUR

POÉSIE

BLONDES ET BRUNES.
L'ÉPOPÉE PRUSSIENNE.
SONNETS AMOUREUX.

ROMANS

LES AMOURS DE LA DUCHESSE.
AMOURETTE ET AMOUR.
LA VIERGE AUX CHEVEUX D'OR.
AMOURS PARISIENS.
TROIS FEMMES MARTYRES.

ÉTUDES ET VARIÉTÉS

NOTICE SUR LES IMPRIMEURS.
SOUVENIRS DE MONACO.
TABLETTES D'UN CHASSEUR.
LES JOLIES FEMMES DE PARIS.
STATUETTES PARISIENNES.
HISTOIRE GALANTE DE HENRI IV.

IMPRIMERIE D. BARDIN, A SAINT-GERMAIN

TROIS
FEMMES MARTYRES

PAR

CHARLES DIGUET

PARIS
E. DENTU, ÉDITEUR
LIBRAIRE DE LA SOCIÉTÉ DES GENS DE LETTRES

PALAIS-ROYAL, 15-17-19, GALERIE D'ORLÉANS

1879

TROIS
FEMMES MARTYRES

LE BURG MAUDIT

A quelques lieues d'Allstad, sur les confins de la Thuringe, accroché au flanc d'une montagne comme un nid d'aigle, le burg des Gorzki détache ses noires tourelles, vieilles de deux siècles. Des fenêtres à ogives lézardées, on aperçoit la Sâale qui semble un morceau de miroir jeté au bas de la montagne, et dans lequel se voient les sapins aux noirs feuillages et les vieux chênes dont les branchages gigantesques s'inclinent comme las des siècles qu'ils portent.

L'écusson des Gorzki, sculpté dans une énorme pierre, surplombe la porte du castel.

1

L'écu a pour tenants deux renards rampants et mornés avec un caméléon dans le flanc dextre, le tout dans un champ de gueules barré d'argent, surmonté de heaume de trois quarts, visière ouverte à demi. On lit pour devise : ENDVRER POVR DVRER. Les seigneurs de Gorzki, alliés, disaient-ils, aux Hohenzollern, avaient le caractère entêté, sottement orgueilleux et mesquin de cette famille. Simples hobereaux d'abord, ils avaient peu à peu franchi les degrés de l'échelle féodale et étaient *devenus* suzerains. Leur puissance s'accrut avec leurs richesses, et possesseurs de grands fiefs, ils avaient acquis assez de puissance pour fausser leurs serments et chercher à recevoir la foi d'autant de vassaux qu'ils purent en séduire ou en contraindre. De là les grands apanages qui faisaient du vieux burg un des plus riches domaines de la Thuringe.

Mais cela est de l'histoire, et nous ne voulons que raconter un épisode dont le château de Gorzki a été le théâtre.

Le sire Wilhem de Gorzki, d'une nature sèche et égoïste avait deux passions ; son nom et la chasse. Deux nobles passions qui peuvent produire des héros ; mais qui, parquées comme dans une terre aride, n'avaient d'autre chance que de rendre celui qui les possédait orgueilleux stupidement et dur jusqu'à la férocité.

C'est ce qui advint pour Wilhem. Le baron, sans doute, afin de singer ses ascendants, savait un peu plus que signer son nom ; mais c'était à peu près tout. Il était demeuré illettré plutôt par morgue et par sotte crainte de déroger à son nom que par indolence ou imbécillité d'esprit.

Or, il chassait parce que, de tout temps, la chasse a été reconnue comme un des apanages de la noblesse et aussi l'un des plus incontestables priviléges des temps féodaux. En résumé, il avait tous les défauts grossiers de cette époque, dont il ne soupçonnait point les grandeurs. Comme chasseur, c'était ce que nous appelons un tueur. Du reste, d'un grand courage, il partait seul avec ses chiens dans les montagnes et restait deux ou trois jours absent du château. Plusieurs fois, il lutta corps à corps avec les ours.

Pendant quatre mois de l'année, le château de Gorzki était le rendez-vous des amis du baron, tous chasseurs comme lui venus de la Saxe, de la Bohême et d'ailleurs. Pendant ces quatre mois on chassait et l'on faisait bonne chère. Après quoi, le castel retombait dans la solitude. Le baron continuait à chasser seul, à visiter ses terres pendant que la baronne et sa fille, pour ainsi dire sequestrées du monde, vivaient à l'ombre de ces grands murs glacés.

Mariée fort jeune, la baronne Gorzka avait sans trop de peine subi le joug de son mari ; et comme une cire malléable, elle s'était façonnée aux bizarreries, parfois un peu sauvages, de ce noble époux. Les premiers élans de son âme une fois étouffés, elle était devenue passive, subissant la volonté du maître sans murmurer, obéissant toujours sans demander la raison, et qui plus est, sans chercher à comprendre.

De créature vivante et active, elle était devenue chose. La naissance d'une fille avait un instant ravivé les sentiments de son cœur ; et le besoin d'aimer si naturel à la femme lui avait fait croire qu'elle entrevoyait un horizon. Mais, en cela aussi, elle dut subir l'influence de Wilhem.

Le hautain et despote burgrave, entre la mère et la fille, posa sa main glacée.

Peu à peu la mère avait fini par comprimer son besoin de tendresse, et imitant le baron elle laissa aussi une distance entre elle et sa fille. Peut-être la dignité féodale des Gorzki s'opposait-elle à ce qu'une mère manifestât à son enfant les sentiments naturels de son cœur !

L'héritière des Gorzki avait pour compagne au château sa sœur de lait, la fille du garde-chasse de son père, un Hongrois du nom de Jânos. Le baron jugea bon de donner à la fille du garde une éducation pareille à celle de son enfant. Après avoir été nourries du même lait, les deux jeunes filles partagèrent les mêmes jeux, et toutes les deux elles eurent les mêmes maîtres.

On les eût prises pour deux sœurs, car, par une étrange coïncidence, elles se ressemblaient à un tel point, que séparées l'une de l'autre on les confondait; et la fille du garde-chasse eût pu passer pour l'héritière du châtelain. La châtelaine avait nom Iluska et la fille du serviteur s'appelait Anna. Elles s'aimaient d'une vive affection. Toutes deux elles atteignaient leur dix-huitième année, et leurs plus doux moments étaient ceux, où entièrement livrées à elles-mêmes, elles épanchaient leur cœur comprimé par la réserve que leur imposaient moralement les us et coutumes du château.

Anna témoignait toujours à Iluska une dé-

férence motivée par la barrière sociale qui la
séparait de son amie ; et elle ne se départait
de cette déférence cérémonieuse que lorsque,
seule avec la noble jeune fille, celle-ci l'en priait
instamment. Alors avaient lieu ces confidences
émues si charmantes quand les cœurs sont à
l'unisson. On pouvait dire, en ces doux moments, qu'elles vivaient.

Scrupuleusement soumise aux volontés de
son père, Iluska éprouvait cependant des ré-
voltes intérieures, mais elles s'apaisaient aussitôt. Le sang puritain et intraitable des Gorzki
avait laissé en elle un germe qui secouait de
temps à autre sa douce nature. Sous son obéis-
sance muette, on sentait poindre une volonté ferme, et, le cas échéant, cette volonté
serait soudainement devenue inflexible.

Anna avait réalisé un rêve inespéré. Elle
était devenue la sœur aimée d'une demoiselle ! Iluska ne semblait point avoir vécu son
rêve !

La saison de l'automne 17... avait amené
un grand nombre d'hôtes au burg de Gorzki.
— On était en décembre. — Tous étaient re-
partis, à l'exception du sire Georges de Stein,
qu'un accident retenait encore au château.
Dans une chasse au sanglier, de Stein, chargé

avec fureur par l'animal, avait eu en tombant une côte enfoncée. Le baron l'avait, comme il le disait, confié aux femmes, et les chasses s'étaient continuées. De Stein en convalescence commençait à sortir; et, ce jour-là, par une belle après-midi de soleil, il passait le pont-levis, en compagnie du baron, que son fusil n'abandonnait pas.

A une fenêtre de la tourelle, dite de l'Ouest, deux jeunes filles regardaient la vallée. Au bas de la montagne, entre deux bois, la route formait un ruban blanc. Iluska, car c'était elle, tenait les yeux fixés sur le ruban blanc : elle ne parlait point. Anna regarda sa sœur, dont elle avait entouré la taille.

— Chère Iluska! dit-elle.

Iluska ne répondit point; mais elle embrassa sa compagne et reporta de nouveau ses yeux sur le point blanc qu'éclairait le soleil.

Que regardait la jeune fille sur la route? Elle n'attendait personne et, à la distance où elle se trouvait, elle n'eût pas reconnu un passant. Pensait-elle aux endroits moins tristes où conduisait ce chemin?

— Ma chère petite sœur, reprit Anna, aie confiance!

— Ah ! oui, répondit Iluska en se retournant vers elle, j'ai confiance en toi !

Une larme perlait au bord de ses longs cils. C'était la première que versait la jeune châtelaine.

Quelques jours après, Georges de Stein, entièrement rétabli, quittait le château de Gorzki. L'hiver était complètement venu.

La demeure féodale, sombre comme une salle de l'inquisition, avait repris son aspect sinistre. Les bois de pins des alentours courbaient leurs têtes sous d'épaisses couches de neige. La rafale hurlait contre les fenêtres, ainsi qu'un corps en souffrance, et lançait avec furie ses tourbillons blancs contre les vitres. Les doubles chaînes du pont-levis fouettaient les unes contre les autres. La tempête faisait rage. Forcée par un coup de vent, la fenêtre de la chambre d'Anna s'ouvrit avec fracas. Eveillée en sursaut, la jeune fille se leva ; mais à peine eut-elle refermé la fenêtre qu'il lui sembla entendre des gémissements. L'obscurité complète, le bruit de l'ouragan la saisirent de peur.

La veilleuse de sa chambre s'était éteinte et les gémissements qu'elle avait entendus lui semblaient prendre plus de consistance. Etait-ce l'imagination qui, la nuit, grossit nos craintes outre mesure? Elle songea à Iluska, dont la chambre n'était séparée de la sienne que par un petit salon qui leur servait, le jour, de salle de lecture.

Elle ouvrit en trébuchant la porte. Alors les plaintes devinrent plus distinctes. Aussi alla-t-elle droit à la chambre de la jeune fille, sa sœur, ainsi qu'elle se plaisait à l'appeler. Indécise et toute frissonnante de frayeur, elle écouta, n'osant entrer.

Une voix voilée par les larmes arriva nettement à ses oreilles.

— Mon Dieu! disait la voix, ne me laissez pas survivre à mon malheur; et mettez un terme à ma souffrance!

Et les pleurs redoublèrent.

Anna entra et vit Iluska à genoux au pied de son lit, la tête en ses mains, brisée de douleur. La jeune fille n'avait point entendu la porte s'ouvrir, aussi ne sortit-elle de son douloureux affaissement qu'en sentant la main amie de sa sœur. Elle leva vers sa compagne ses grands yeux noyés de larmes.

— Ah! soupira-t-elle en se jetant au cou de la confidente de ses peines, tu me resteras!

1.

— En doutes-tu? Mais tout s'arrangera.
Tu te confieras à ta mère ; une mère ! je n'ai
jamais eu le bonheur de prononcer ce nom ;
mais je sens qu'une mère doit être bonne !

A ce nom de mère, Mlle Gorzki s'était relevée.

— Jamais, répliqua-t-elle. Je respecte ma
mère, mais elle n'est pas mon amie. D'ailleurs,
est-ce qu'elle me comprendrait ?...

— Mais *lui*, il reviendra !

Iluska secoua la tête en signe de doute.

— Il sera trop tard, murmura-t-elle, et puis
mon père, tu ne le connais donc point ?

— M. le baron de Gorzki est père, ma chère
Iluska !

— Ecoute, repliqua douloureusement la
jeune fille, je n'ai pas de parents ! Le baron
de Gorzki me brisera ! mais j'aime mieux cela
que d'être méprisée.

Ses yeux se séchèrent immédiatement, le
sang des Gorzki reprenait le dessus. Les deux
jeunes filles ne se séparèrent qu'au matin.

Quel secret terrifiait ainsi la jeune châtelaine, et troublait comme un violent orage le
ciel monotone de sa vie? Nos lecteurs l'ont
deviné. Ce chasseur blessé recueilli au château avait été le rayon de soleil sous lequel

ce jeune cœur froid comme les ruines du burg,
avait fleuri.

Iluska s'était jetée à cœur perdu dans cet
amour, qui véritablement l'avait fait naître à
la vie; elle l'avait savouré inconsciente de
l'avenir, idéalement ravie à la réalité de son
existence. Hélas! elle n'avait rien refusé à
celui qui bouleversait, d'une façon à la fois si
pleine de charmes et si douloureuse, sa vie
claustrale! Elle portait le fruit de sa faute.
Avec le soleil était survenu l'orage.

L'amour devenait pour elle presque instan-
tanément le synonyme de souffrance. Et, ce
secret étrange après lequel nous soupirons
tous devait faner son cœur. Quelle serait
l'issue de ce drame dont elle lisait la première
page? L'heure fatale viendrait: elle arriverait
inéluctable et pour ainsi dire vengeresse.

Qui la cacherait! Comment se soustrairait-
elle au coup de tonnerre du dénoûment?

La fuite était impossible.

Le baron de Gorzki, son juge, serait implacable. Autour d'elle, tout était de pierre et de
bronze. Elle n'avait pour s'appuyer que celle
qu'elle nommait sa sœur, faible roseau comme
elle, plus fragile encore, et qui allait peut-être
s'abîmer avec elle dans la tempête!

Les jours passaient, et la situation devenait de plus en plus pressante.

L'angoisse envahissait le beau front d'Iluska, son visage s'alanguissait à ce point que le baron lui demanda un soir si elle souffrait.

Elle répondit simplement :

— En effet, je suis souffrante !

Elle se retira de meilleure heure. Il y avait quelques instants déjà qu'elle était seule, affaissée dans sa douleur, quant Anna vint à elle.

— Chère sœur, lui dit-elle, tu sais combien je t'aime. Or, il m'est venu une idée à ton sujet.

La fille du garde, un peu pâle, tremblante et presque honteuse comme si elle allait dire une énormité observait le visage de son amie.

— Une idée ! parle, ma chérie, répliqua en souriant mélancoliquement Iluska.

Anna la contempla quelques instants, et lui prenant les mains qu'elle pressa contre son cœur :

— Si ta mère le veut, je te sauverai !

— Toi !

— Oui, petite sœur ; mais affirme-moi d'avance que tu souscriras à la fantaisie qui doit faire aboutir mon petit projet.

Le pauvre cœur de la plébéienne tremblait, et, les yeux humides fixés sur ceux de son amie, elle attendait anxieusement sa réponse.

— Explique-toi, lui dit Iluska, car tu es bonne, mais je crains bien que tu ne sois pas plus habile que moi en expédients.

Anna hésitait.

— On dirait que tu as une mauvaise action à me proposer !

— Oh non ! reprit vivement la pauvre enfant. Je veux te sauver parce que je t'aime comme ma sœur, comme ma mère, parce que je te dois la vie heureuse que j'ai menée jusqu'à aujourd'hui, et que ta douleur m'afflige profondément ; parce que ton avenir m'est plus cher que le mien. Elle ajouta bien bas : — moi qui n'en ait point, — promets-moi que tu consentiras à ce que je vais te proposer.

— Oui, pourvu que ce ne soit point une folie !

— Ce n'est point une folie, j'ai médité mon plan et il est très-simple... Tu es la fille du seigneur de Gorzki. Moi, je suis la fille d'un garde.

— Eh bien !

— Ne te fâche point, petite sœur, tu as accoutumé ta petite amie à tant d'indulgence !

Je réponds à ton « eh bien ! » impérieux : Je
mets ta mère dans la confidence, et...

— Et ?

— Et... je me substitue à toi !...

— Que veut-tu dire ?

— Ta mère seule saura la vérité... Je gar-
derai la chambre, et c'est moi qui aurai commis la faute !

En achevant cet aveu, Anna s'était jetée
aux genoux de son amie, comme une Made-
leine implorant son pardon. Iluska, inondée
de larmes, la releva.

— Cher ange, lui dit-elle en l'embrassant,
c'est moi, à cette heure, qui devrais être à tes
pieds. Sublime enfant, c'est moi qui devrais
cacher ma tête dans tes genoux.

— Tu acceptes ?

Iluska se releva, les yeux étincelants.

— Non ! mille fois non !

— Pourquoi ? demanda naïvement la mo-
deste enfant.

— Pourquoi ? Tu le demandes ! mais tu me
méprises donc bien ? J'irais entacher ta réputation pour une faute qui est la mienne, et cela
pour mentir au monde ! J'irais souiller ton
nom, te livrer à l'opprobre, anéantir ton avenir pour conserver mon honneur aux yeux de

la société ! Anna, si je t'aimais moins, je te
haïrais. As-tu pu penser que j'accepterais ? Si
tu m'as jugée assez vile, après ce qui m'est
arrivé, pour me rendre coupable d'une action
aussi honteuse, c'est le comble de mon malheur ! A l'heure qu'il est, je ne crains plus ni
le mépris des hommes ni la haine de mon père,
tu m'as trop humiliée ! Et cependant tu m'aimais, toi, ma sœur !

— Si je t'aime ! tu en douterais ? Mais, c'est
parce que je t'aime que je ne veux pas qu'on
te flétrisse. Je veux te voir honorée ainsi que
tu le mérites, car, si tu as failli, c'est par
amour, et l'amour ne saurait abaisser une
femme, il l'élève ! Iluska, nous ne valons
quelque chose que par l'amour ! Tu as aimé...
tu vaux mieux qu'eux tous, et moi je ne suis
bonne à rien.

Qu'importe qu'une pauvre fille recueillie
par grâce dans un château se soit laissé séduire ? Mais toi, c'est impossible ! Ton enfant,
je l'élèverai comme le mien, et si un jour tu
veux le reprendre il sera à toi. Il ne connaîtra
que ton nom... Pour lui, je m'appellerai Iluska.
On dit que nous nous ressemblons de manière
à tromper l'œil le plus clairvoyant. Cette res-
semblance n'est-elle pas providentielle ? Si *il*

revient vers toi, il n'aura pas à s'habituer à un
nouveau visage. Et puis, tu viendras le voir
souvent et, grâce à lui, je ne perdrai jamais
ma bonne sœur aimée.

— Non! tu ne me méprises point, chère
Anna, tu m'aimes, et si je t'ai laissé continuer, c'est que j'ai voulu jusqu'au bout sa-
vourer toutes les tendresses de ce cœur pour
lequel je donnerais ma vie. Si j'ai écouté jusqu'à la fin, en l'aspirant comme un parfum, ta
sublime folie, c'est que tes paroles me re-
muaient jusqu'au fond des entrailles ; c'est
que j'éprouvais le plus grand bonheur de ma
vie à étudier les trésors de ta sainte affection.

C'est qu'en t'écoutant je comparais ta grandeur à ma petitesse. Oh! ne te récrie pas !...
je ne me sens point humiliée, au contraire!
En toi, subitement, j'ai vu Dieu et ses ineffa-
bles miséricordes ! Non ! ce n'est point la naissance qui fait la noblesse ! ce n'est point le
blason qui honore, c'est le cœur qui honore
les écussons et fait les hommes grands ! Anna,
ma chère sœur, je voudrais être toi. Ce que je
dis est de l'égoïsme, de la jalousie, de l'envie,
je le veux bien ; mais cela est !

Je voudrais à cette heure que tout ce que
tu viens de me dire eût été entendu de l'uni-

vers. Si cela était, il n'est pas de prince qui
n'enviât l'honneur de te donner son nom. Jamais ne cesse de m'appeler ta sœur, j'en aurais un mortel chagrin.

La naïve et pure enfant cherchait dans les
yeux d'Iluska une réponse à la solution qu'elle
avait trouvée. Sa sœur avait-elle changé d'a-
vis? acceptait-elle enfin? Cependant elle n'o-
sait l'interroger.

Iluska la contemplait comme l'image de la
madone consolatrice.

Elle ajouta :

— Je ne souffre plus, je n'envisage plus l'a-
venir avec crainte ; tu es avec moi et je suis
forte. Au surplus, pourquoi rougirai-je de mon
amour ! Je tâcherai de t'égaler en grandeur,
et tu m'y aideras. Je veux que dès demain ma
mère et mon père sachent quel trésor ils gar-
dent ici ; je leur dirai ce que tu vaux et que si
tu n'as pas de couronne, c'est qu'il n'y en a
point d'assez belle pour toi.

— Tu ne feras pas cela, Iluska ; à ton tour,
si tu n'acceptes pas ce que je te propose et qui
en résumé est tout simple, tu auras pitié de
moi.

— Comme tu me dis cela, mignonne ! « est
tout simple ! » Tu es adorable. Tout ce que

tu viens de me dire est gravé en lettres d'or
dans mon cœur, et c'est la plus belle page que
j'aie jamais lue.

— Je t'en prie ! continua Anna.

— Jamais, répliqua fièrement la jeune baronne.

Et celle qui, quelques instants auparavant,
semblait comme abîmée dans la douleur, se
trouvait transfigurée et presque joyeuse. La
grandeur simple de sa compagne d'enfance lui
avait donné ses vrais quartiers de noblesse.

Elle paraissait fière de la lutte qu'elle allait
avoir à soutenir.

L'inflexibilité de son père avivait encore sa
résolution. A cette heure, elle eût voulu se
trouver en face de lui et lui déclarer la vérité.
Depuis qu'Anna avait parlé, elle se sentait af-
famée de grandeur et d'héroïsme. Elle se disait : Je me rapprocherai un peu de cette hé-
roïne inconnue qui m'a parlé dans la simplicité de son cœur.

Au lendemain de cette scène, où nous avons
vu la lutte de ces deux belles natures faites
pour se comprendre, la baronne se rendit dans
l'appartement d'Iluska, qui la veille était souffrante. La jeune fille était encore au lit.

La baronne, nous l'avons dit, d'un naturel

timide, avait en vivant avec le baron, cet
homme de fer, contracté une rigidité très digne
des Gorzki. Sa fille, très pâle la veille au soir,
avait les joues colorées par les feux de la fièvre. Quand elle vit entrer sa mère, elle comprit que l'heure de la lutte avait sonné ; et
elle parut comme transfigurée, ainsi que les
martyrs qui descendaient dans l'arène.

Elle se fit un âcre plaisir de commencer
l'attaque.

— Madame, lui dit-elle, j'eusse fait demander à vous entretenir en particulier ; votre présence comble mon désir.

— Seriez-vous plus souffrante, mon enfant ?
demanda la baronne. Depuis plusieurs jours
vous semblez abattue et vous marchez péni-
blement. Il ne faut pas laisser aggraver le mal.
Vous eussiez dû me prévenir plus tôt ; on eût
fait mander le docteur.

— Je ne suis pas malade, reprit Iluska ; je
ne suis que souffrante, et un médecin ne saurait me guérir.

La baronne s'était assise au pied du lit de
sa fille.

— Mais enfin, qu'avez-vous ?

— Ce que j'ai, ma mère, j'ai que j'ai aimé,
que j'aime !

Mme Gorzki s'était levée.

— Iluska, vous aimez ! Qui donc ?

— Ma mère, le nom de celui que j'aime est encore un secret.

— Il ne doit point y avoir de secret pour une mère. Iluska, qui aimez vous, et comment cet amour est-il né ? De plus, comment cet amour est-il arrivé à une violence telle qu'il puisse ainsi altérer vos traits ?

— Pour ce qui est du nom, je vous ai dit tout à l'heure que je vous le tairais. Vous m'avez ensuite demandé comment il était né, ma mère ! il est né comme un rayon de soleil qui tout à coup perce le feuillage et éclaire un fruit caché qu'il finit par mûrir ; vous m'avez aussi questionnée pour savoir comment cet amour avait pu en arriver à une violence telle qu'il ait pu ainsi altérer mes traits ! Je vous répondrai que l'amour que j'ai au cœur n'a point altéré mon visage en épanouissant mon âme ; mais que c'est du résultat de cet amour que je suis, — non point malade, — mais souffrante !

Ma mère, je porte le fruit de ma faute, qui bientôt ne pourra plus être cachée.

Tout cela avait été dit nettement, avec une assurance calme, qui jointe à la révélation inattendue stupéfia la baronne. Elle regarda sa fille curieusement, d'un œil fixe, comme une recluse cloîtrée regarderait tout à coup, après plusieurs années de séquestration, une femme mondaine, éblouissante dans une nudité étudiée pour le bal. Elle repassa dans son esprit ces riens accusateurs qui jusqu'alors ne l'avaient point frappée,

Iluska attendait la sentence dans une attitude à la fois résolue et respectueuse.

— Malheureuse enfant !

Ce fut le seul cri maternel qui répondit à l'attente de la coupable. La fierté de caste reprit immédiatement le dessus.

— M. de Gorzki va être immédiatement instruit de la honte que vous infligez à son nom. Sans doute, l'enfant que nous avons recueillie, Anna, est votre complice ?

Iluska, qui avait écouté en silence, se redressa en entendant le nom de sa généreuse amie.

— Anna mérite tous *nos* respects !

— Le mot respect est bien mal venu ici, mademoiselle.

— J'ai dit : tous *nos* respects.

— L'insolence ne sied pas à une fille vis-à-

vis de sa mère, surtout quand cette fille a
déshonoré son nom.

— Je ne me suis jamais départie du respect
que je vous devais, que votre colère retombe
sur moi ; mais n'accusez point Anna. C'est la
seule grâce que je sollicite de vous.

— Trève sur ce chapître, répliqua froidement la baronne, je sais ce qui me reste à faire.
Quant à vous, vous attendrez les ordres de
votre père en cette chambre, d'où je vous ordonne de ne point sortir.

La baronne se dirigea immédiatement vers
les appartements de son mari. Elle était plus
effrayée de la révélation qu'elle allait faire que
ne l'avait été sa fille. Le caractère indompta-
ble de son noble époux la terrifiait sur les
suites de cette aventure. Elle savait que les
décisions du baron étaient irrévocables ; et
que ce qu'il aurait décidé s'accomplirait.

L'honneur du nom était outragé, et le seigneur, imbu des prérogatives de son rang,
confiant dans sa force et dans son droit, sacri-
fierait peut-être son enfant à son orgueil.

La mère n'avait même pas conçu l'idée de
défendre sa fille.

Après quelques circonlocutions que lui im-
posait la crainte dans laquelle la plongeait

constamment le regard gris et froid de son
mari, elle raconta l'aveu d'Iluska.

A cette révélation, l'homme devint blême.

— Sang Dieu ! vociféra-t-il, la péronnelle
n'est pas au bout !

Il s'assit et resta quelques minutes la tête
dans ses mains.

— C'est bien ! ajouta-t-il, tout le reste me
regarde.

Il y avait un monde dans ses mots : *tout le
reste !*

La baronne se retira épouvantée du calme
apparent dont faisait parade son mari. Le Seigneur de Gorzki resta enfermé dans son cabinet toute la matinée. Lorsqu'il en sortit, sa
résolution était prise.

Aux approches du soir il manda sa fille. Il
faisait déjà nuit close dans le cabinet gothique :
les vieilles tentures interceptaient complètement les dernières clartés douteuses d'un jour
d'hiver qui se mourait. Sur la table, une
lampe éclairait un large vidrecome rempli
de bière et faisait étinceler les armes des pa-
noplies.

Les bras croisés sur la poitrine, la tête inclinée, le baron marchait à grand pas dans
l'appartement.

Depuis quelques instants, Iluska, un peu pâle, était debout en attendant. Elle appuya ses deux mains sur un heaume de trois-quarts sculpté, dans le chêne d'un fauteuil. Son regard résigné, mais fier, errait de la lampe au visage sombre de son juge. Enfin, celui-ci rompit le silence ; et continuant à marcher, il dit :

— Un de mes aïeux, le vôtre aussi, Ottocar de Luznic, menacé dans ses biens et dans sa vie par Georges de Podiebrad, — vous le voyez, cela date de loin, — se réfugia auprès de Mathias Corvin et s'enrôla dans la garde noire. Ottocar sauva Mathias à Wilimow et devint son favori. Dès lors, il ne le quitta plus. Ce fut lui qui conseilla à Mathias de ne pas accepter le duel à mort que lui fit offrir, en présence de deux armées, Georges de Podiebrad, afin d'éviter l'effusion du sang.

Ottocar évita le duel et la bataille et fit retrancher le roi dans les montagnes de Moravie. Plus tard, il favorisa la fuite de Mathias après qu'il eut envahi la Bohême. Alors, Mathias Corvin eut un instant l'idée d'échapper au danger en se suicidant. Il avait un anneau qui renfermait du poison ! Notre aïeul obtint du roi qu'il remettrait à plus tard son projet ;

en un mot, qu'il attendrait que sa cause fût tout à fait désespérée.

Mais, nous sommes loin, madame (ce mot vous convient, n'est-ce pas ?) nous sommes loin du sujet que nous avons à traiter ensemble. Peut-être point si loin qu'il vous semble. Ottocar assista Mathias Corvin dans ses derniers moments, et celui-ci, avant de mourir, lui remit l'anneau dont je vous ai parlé tout à l'heure comme un gage de sa fidélité, en lui disant que, peut-être un jour, il en aurait besoin. Votre aïeul, madame, n'en a point eu besoin. Mais cette bague, transmise de génération en génération, est devenue la propriété des Gorzki ! Je la possède !

La jeune fille redressa la tête.

— Vous frémissez, je crois, repartit impitoyablement le baron, je n'ai pourtant point encore fini ! Cette bague que je possède, la voici. Ce sera votre anneau de fiançailles ! Je vais vous la passer au doigt.

Demain, à pareille heure, les noces seront consommées, et la cloche de la chapelle du Burg annoncera que très-haute et très-puissante demoiselle Iluska-Hélène-Bathilde Gorzka est morte ! N'ayez point peur pour moi, cet anneau ne me laissera pas dans l'embarras. Le blason de ma maison ne peut être soupçonné!

Approchez, madame.

Mlle de Gorzki s'avança dignement, bien que sans arrogance, pour prendre l'anneau. Elle était devenue complétement femme, c'est-à-dire la femme dont le cœur agrandi domine en quelque sorte tous les événements. Elle n'eut pas le temps d'arriver jusqu'au baron que sa sœur s'était précipitée entre elle et son père, suppliant du regard le châtelain, stupéfait de cette intervention que n'eût certes point osé tenter sa femme. La supplique de la fille pauvre fût aussi simple que courte. Regardant fixement le baron, elle ne lui dit que ces mots :

— Si vous le permettez, monseigneur, ce sera moi qui aurai commis la faute, et je disparaîtrai.

Le moyen était bon et praticable, quand on songe aux ressources et à la puissance du baron. Aussi, cette combinaison jeta-t-elle une lueur inattendue dans son esprit. Cependant, son orgueil se révolta à l'idée qu'un être inconnu, sans nom, eût pu intervenir lorsqu'il avait décrété une chose. Et il blêmit en pensant que cet être n'appartenait point à sa

caste. Sa froideur égoïste fit place à la rage ;
du pied il repoussa la jeune fille qui venait
spontanément se sacrifier à la vanité de son
nom. Anna tomba à la renverse.

Aussitôt Iluska, pâle d'une noble colère,
releva son amie et se plaçant devant son père :

— Frappez-la, si vous l'osez! Votre écusson
ne vaut pas ce cœur que vous insultez.

Comme une colombe que le vent d'orage
a meurtrie en l'entraînant dans son tour-
billon, Anna n'avait ni force, ni voix ; mais
ses bras cherchaient instinctivement son amie.

— Tudieu! quand finira cette comédie? s'é-
cria de Gorzki, de quel droit entre-t-on ici
sans être appelé? Sortez !

Iluska voulut l'entraîner avec elle.

— Restez, madame, hurla le baron, je vous
l'ordonne.

Se soutenant à peine, la fille du garde
disparut derrière la tapisserie. Son dernier
regard fut pour son amie infortunée, et ce
regard, rempli de supplications, lui disait :
« Courage, mais n'accepte point! »

Elle murmura :

— Tu ne dois pas périr, ta vie ne t'appartient pas.

Cet incident s'était passé en moins de temps

qu'il n'en faut pour le raconter. Mais il avait
suffi pour suggérer au baron un autre moyen
d'anéantir la faute de sa fille. La fille d'un
vassal s'offrait bénévolement en cette circonstance. Quand même il eût dû l'acheter,
n'était-il pas riche ? Anna ne lui devait-elle
pas tout, puisqu'elle avait été élevée comme
Iluska ? Le père, en fidèle serviteur, ne s'op-
poserait à rien ; au reste, il doterait plus tard
la fille qui, grâce à quelques centaines de florins, ferait un mariage d'égal à égal !

En quelques secondes, ce plan simple
comme exécution fut combiné dans l'esprit du
farouche burgrave.

— Madame, reprit-il avec un calme relatif,
une chance de salut à laquelle je n'avais pas
songé s'offre à vous. Cette fille de paysan
gardera la chambre jusqu'après votre délivrance et assumera toute la responsabilité de
votre incroyable légèreté.

Décidément, le baron devenait bon prince !
Sa fille le regarda avec un sourire rempli de
mépris.

Peut-être prit-il son calme pour un assentiment, car il ajouta :

— Au surplus, j'aurai soin d'elle, et sa
destinée n'en souffrira nullement. Dans ce

monde-là, les filles ne se gênent point pour
agir de la sorte et leur réputation n'en pâtit
que peu ou point. Je préviendrai Jânos du
malheur arrivé à sa fille, et tout sera dit!

Le baron s'était assis, et après avoir émis
son plan, qu'il considérait comme exécuté, à
part certains détails, il se versa lentement une
rasade de bière.

— Vous avez bien fini? demanda lentement
Iluska.

— Que diable voulez-vous de plus? La bague de Mathias Corvin?

— Je ne demande rien de plus, car vous avez
retracé fidèlement l'honneur des Gorzki. Mais,
j'ai à vous répondre à tout cela que jamais je
ne souffrirai qu'on accuse une jeune fille, au
cœur noble et généreux, et cela pour satisfaire
une imbécile vanité. Si j'ai commis une faute,
j'en subirai toutes les conséquences, et j'ai le
cœur trop haut pour recourir à des moyens
infâmes afin de cacher une honte.

Jusqu'alors j'ai dissimulé; mais il n'en sera
plus ainsi : je dirai moi-même à vos gens que
j'ai eu un amant. Mais, au moins, je serai fière
d'Anna, qui veut bien m'appeler sa sœur, —
elle y a peut-être plus de droits qu'elle ne le
croit, la pauvre enfant, — et c'est à son estime

2.

que je tiens. Si, pour être une Gorzka, il faut mentir à l'honneur dans ce qu'il a de plus délicat, en un mot calomnier, eh bien, je ne suis pas une Gorzka !

Vous pouvez, pour sauvegarder la dignité de votre nom, me faire mourir sur l'heure ; mais, vous ne me rendrez pas complice de la plus lâche action qu'on puisse rêver. Je porte le fruit de mon crime, et je ne le désavouerai pas. Quant à ce poison que j'acceptais tout à l'heure, je n'en veux plus. Ma vie ne m'appartient point !

Que se passa-t-il après cette énergique protestation de la jeune fille, plus justement jalouse de son honneur que son père, qui ne voyait que le faux honneur du nom? Un terrible bruit se fit entendre dans le cabinet du baron. Une table y avait été brisée, des tentures arrachées. Vingt minutes après, Mlle de Gorzka sans connaissance était portée par le baron et le fidèle Jânos dans son appartement.

Sur l'ordre de son maître, le garde descendit dans la cour du château, et on put le voir partir à franc étrier.

Iluska ne se ranima qu'aux douleurs de l'enfantement.

Deux heures après, un homme, les yeux

bandés, entrait dans le donjon. Son entrée fut
saluée par les aboiements de deux molosses
préposés à la garde du pont-levis. Tout le
personnel du castel dormait. Conduit par le
garde, l'homme enveloppé d'un manteau prit
un escalier dérobé, dont la porte donnait au
bas d'une tourelle. Le garde-chasse et lui
montèrent un étage et traversèrent un long
couloir sombre.

Là, il fallut encore monter quelques marches, après lesquelles ils se trouvèrent en face
d'une porte dissimulée par une tapisserie.
Jânos gratta et la porte s'ouvrit. L'homme
avait toujours les yeux bandés.

— Par ici, dit la voix sombre du baron.

Escorté de Jânos, l'homme au manteau traversa un petit salon et entra dans une chambre.

— Monsieur Mosler, dit, en lui prenant le
bras, le baron, méconnaissable par une grande
barbe blanche postiche, je vous ai fait venir
pour un cas grave : un de mes serviteurs possède une fille, et vous savez combien une fillette de dix-huit ans est difficile à garder. Or,
elle est en mal d'enfant ! Je porte un intérêt
tout particulier au père et à la fille ; voilà pourquoi j'ai pris toutes ces précautions pour vous
faire introduire ici. Votre peine vous sera bien

payée; mais vous promettez la discrétion la plus absotue.

Et il lui glissa un rouleau de florins dans la main.

Le docteur fit un signe d'acquiescement.

— Puis, reprit le baron, vous retournerez comme vous êtes venu, les yeux bandés, et par un autre chemin. Je ne veux pas qu'on sache qu'en ma maison il s'est passé une chose contre l'honneur. Si votre séjour ici se prolonge, vu les besoins de la cause, on aura soin de vous, et vous ne repartirez que la nuit. Voilà qui est dit, et maintenant à l'œuvre.

Il le poussa dans une pièce très-éclairée et détacha lui-même le bandeau.

Sur le lit, une femme masquée qui mordait ses draps pour étouffer ses plaintes, se tordait sous les tenaillements de la douleur. Cette femme était Iluska. La scène, au début de laquelle nous avons assisté, avait provoqué une délivrance prématurée. On eut recours aux fers et, après dix-neuf heures d'atroces souffrances, la fille du baron était mère.

Quant à l'enfant, il n'existait déjà plus. Les jours d'Iluska furent en danger; malheureusement pour cette victime de l'orgueil nobiliaire, la jeunesse l'emporta. Elle avait triomphé dans sa lutte avec le mal, devait-elle succomber sous la volonté inflexible du maître que lui avait donné la nature?

Le docteur demeura plusieurs jours au château, pendant lesquels il ne sortit pas de l'appartement qui lui avait été disposé auprès de la chambre de la malade. Enfin, un soir, on lui banda de nouveau les yeux, et le garde Jânos le reconduisit chez lui. Dans ces deux excursions fantastiques, il n'avait pu reconnaître son guide, assez déguisé pour qu'il ne soupçonnât pas le garde du baron de Gorzki. On l'avait pour ainsi dire appréhendé au corps en faisant sonner la clef de toute porte comme de toute conscience : l'or. Dans la suite, pensa-t-il avoir été au donjon des Gorzki?

— Étrange aventure, racontait-il plus tard ; mais je ne suis pas dupe ; la fille en mal d'enfant n'était point la fille d'un serviteur, mais bien la fille du maître. Au surplus, trop parler nuit! N'approfondissons point. On ne veut pas que je sache, j'ai été payé, je ne sais rien!

Ce lugubre événement ne fut point connu des gens du château. Jânos, qui se trouvait dans la confidence, ne parla pas. Il eût sacrifié sa fille à son maître. Les deux jeunes filles seules ne paraissaient plus. On les crut malades. Confinée dans sa chambre, Anna ne revit pas son amie.

Un matin, le baron se présenta devant la jeune fille. Il était vêtu de noir.

— De graves événements se sont passés ici, lui dit-il, j'ai perdu ma fille! Iluska est morte.

A cette révélation, de grosses larmes roulèrent le long des joues pâlies d'Anna. Elle ne reverrait donc plus celle qu'elle aimait plus que sa vie. Des sanglots brisèrent ce cœur aimant, qui se fût si volontiers sacrifié.

— Oui, reprit le baron de Gorzki, je n'ai plus d'enfant de mon sang ; mais j'ai encore une fille! Cette fille, c'est vous! Je vous ai fait élever avec Iluska, vous avez grandi ensemble, j'en suis heureux aujourd'hui, car vous allez la remplacer. Désormais, vous serez traitée comme ma propre fille, à laquelle vous ressemblez étonnamment. Dès ce jour, vous êtes pour le château et pour ma famille la jeune baronne de Gorzka. Iluska sera votre nom. C'est une fantaisie que j'ai et à laquelle vous ne vous refuserez point.

La jeune fille, accoutumée à obéir sans mot dire à la voix impérieuse du maître, le regardait d'une manière étrange sans oser l'interroger.

Que signifiait tout cela ? Elle, pauvre paysanne, substituée tout à coup à sa jeune châtelaine, celle qu'elle aimait ! Les idées les plus bizarres s'entrechoquaient dans son cerveau.

— C'est convenu, reprit vivement le baron. Anna est morte, mais mademoiselle de Gorska existe, et cette fille c'est vous !

Et, sans que les muscles de son visage aient révélé un effort, il ajouta :

— Iluska, venez.

Anna ne put faire un pas, ses membres alourdis ne pouvaient la soutenir. Elle passa la main sur son front comme pour dissiper le nuage qui obcurcissait ses pensées et elle retomba assise.

— Surtout, n'allez pas mentir à votre rôle, qui, en résumé, n'est qu'un acte de reconnaissance de votre part pour ce que j'ai fait pour vous. Il entre dans mes plans que personne ne sache que j'ai perdu ma fille.

Ces paroles furent prononcées sèchement et avec une hauteur qui accentuait encore leur terrible portée ; c'est-à-dire qu'elles furent l'expression d'un ordre formel contre lequel il n'y avait pas à revenir.

Victime à son tour, victime inconsciente la
jeune fille suivit le baron.

La vie du Burg reprit son cours monotone
comme par le passé. Mlle de Gorzka n'avait
plus de sœur de lait, c'était le seul changement qu'on pût remarquer.

La fille du garde avait quitté le château. Où
était-elle allée? On l'ignorait. La veille du jour
où l'on avait vu Mlle de Gorzka, relevée de maladie, descendre dans les grandes salles du
château, vers le soir, on avait entrevu, sortant
par le pont-levis et conduite par Jânos, une
femme encapuchonnée dans une mante dou-
blée de fourrure.

Au moment où cette femme franchissait le
fossé, un page du baron s'était approché d'elle ;
et profitant de l'instant pendant lequel le garde
donnait un ordre à un paysan, il avait saisi la
main de l'inconnue et y avait déposé un baiser.
Le garde et la femme qu'il conduisait dispa-
rurent dans la forêt.

Après une longue marche, ils gravirent une
colline. Arrivés sur le plateau, ils traversèrent
un bouquet de pins et se trouvèrent en face
d'un chalet abandonné qui, autrefois, avait dû
servir de rendez-vous de chasse.

Jânos jeta un coup d'œil autour de lui. Il ne

vit rien ; cependant, comme il allait ouvrir la porte du chalet, il entendit un bruit. Il se retourna précipitamment en mettant la main à son fusil. Alors, il crut voir une ombre ; mais cette ombre disparut et tout rentra dans le calme. On n'entendit plus que les gémissements du vent dans les sapins.

La saison des chasses revint et avec elle les hôtes assidus du château. Puis, la vallée et la montagne demeurèrent silencieuses des aboiements des meutes ; l'âpre saison d'hiver reparut pour, à son tour, faire place au printemps. Dix-huit mois s'étaient écoulés depuis les événements que nous venons de raconter.

Par une belle matinée de juin, le baron parut au déjeuner avec Georges de Stein. Le jeune homme alla droit à la baronne, s'inclina devant elle, lui rappela en quelques mots les soins dont il avait été l'objet de sa part. Il ajouta que pas un instant il n'avait oublié ces soins ni ses deux gardes-malades. La baronne tressaillit visiblement. Quant à Georges, il tourna son regard vers Anna, qui, extraordinairement pâle, regardait machinalement les fleurs du tapis. A son tour, Georges tressaillit. Il s'attendait à les trouver deux comme autrefois, et il ne voyait qu'Iluska, Iluska amaigrie,

3

et dont un nuage de tristesse assombrissait l
visage.

L'élan de son cœur l'avait porté en avant
ses paroles se glacèrent sur ses lèvres. A l'entrée de la salle, le burgrave observait cett
scène. Il comprit le danger.

— Comte, dit-il, vous trouvez Iluska un
peu changée. Depuis votre absence, elle a été
fort malade.

Le père avait lui-même appelé la jeune fille
Iluska, il n'y avait point à s'y méprendre.
Georges ne douta plus ; mais un affreux soup-
son lui traversa l'esprit. Quelle maladie avait-
elle eue ? Il craignait de comprendre. Ce moment d'égarement de leur passion avait-il eu
des suites, et le baron ici présent, était-il son
juge ou son ami ! que n'eut-il pas donné pour
se trouver seul avec Iluska ! Pourquoi sa
sœur n'était-elle pas avec elle ? Georges fit un
effort sur lui-même et interrogea son hôte au
sujet d'Anna.

— Partie, dit le baron ; ah ! les fillettes, est-
ce qu'on peut les retenir ?

— Elle s'est mariée ?

— Sans sacrements, répliqua sèchement le
burgrave.

Si Georges eût eu les yeux dirigés sur Anna,

il eût été effrayé de sa pâleur. Les yeux fixes de l'infortunée victime ne voyaient plus et sa main tremblait. Pauvre jeune fille ! elle croyait son amie d'enfance réellement morte, et elle pensait que c'était pour couvrir sa faute, afin que sa mémoire ne fût point ternie, qu'on lui avait enjoint à elle de jouer ce rôle. Mais ce rôle hypocrite et écrasant pourrait-elle long-temps en supporter le faix ! Elle n'avait point encore songé à la présence de Georges : à cette heure, elle entrevoyait l'abîme.

Si Georges revenait après sa faute, c'est qu'il était homme d'honneur, c'est qu'il aimait Iluska ! Or, que lui dirait-elle ! Le baron lui donnait le nom de sa propre fille. Maintien-drait-elle le jeune homme dans cette fatale erreur ! le pouvait-elle ? le devait-elle ?

Cette affreuse situation la glaça d'épouvante. Elle s'était offerte pour assumer sur elle la faute de la coupable ; mais elle ne pouvait s'abaisser à tromper toute sa vie, en usurpant une place qui n'était pas la sienne et en volant pour ainsi dire un amour ! Désormais, son regard devait être menteur ; pas une parole ne pouvait sortir de sa bouche sans qu'elle fût vérifiée traîtresse.

Son rôle était de tromper en pensées, par

gestes, de mentir présentement, demain et toujours !

— Il n'en sera pas ainsi ! se dit-elle, cet homme saura tout.

Lorsque Georges fût seul avec le baron, il l'informa qu'il était venu dans le but de lui demander la main de sa fille.

— Ah ! répondit nonchalamment le père d'Iluska, mais l'affaire ne presse point, je suppose ; vous nous restez quelque temps. Les femmes ont guéri le corps et blessé le cœur, à ce qu'il paraît.

Georges rougit.

— Ma fille connaît-elle vos intentions ?

— Quand je partis du château, je lui jurai que je reviendrais.

— Et, naturellement, elle vous a promis de vous attendre.

Le jeune homme fit un signe d'assentiment.

— Or, vous tenez vos serments, ajouta d'une voix moitié bonasse, moitié railleuse M. de Gorzki.

— Vous l'avez dit, répliqua de Stein.

A part lui, le vieux seigneur se disait : « Je sais ce que je voulais savoir. — C'est lui. »

— Tout est pour le mieux ! J'aime, mon cher comte, la fidélité dans la foi jurée. Les ser-

ments de vengeance et les serments d'amour
sont sacrés. Aujourd'hui, je vous garde ; demain vous ferez votre cour.

Suivi d'un jeune piqueur qui avait nom
Hans et portait son fusil, le baron, accompagné de son futur gendre, sortit du château et
descendit dans la vallée. Le soir même, M. de
Gorzki informait Anna de la demande du comte
de Stein.

La jeune fille bondit d'indignation.

— Qu'est-ce ? répliqua le despote surpris de
se voir interrompu. Vous avez hérité de ma
fille, vous épouserez le comte, j'ai dit.

La volonté de cette faible femme pouvait-
elle entrer en lice avec la toute-puissante et
irrévocable décision de celui qui tenait en ses
mains sa vie ? Cependant, son parti était pris,
elle ne lutterait point contre le baron, mais elle
se confierait à M. de Stein, qu'elle reconnaissait comme un homme d'honneur. N'était-il
pas revenu de lui-même pour accomplir sa
promesse. Hélas ! il ignorait tout ce qui s'était
passé depuis son absence. Forte de sa résolution, elle accepta la situation, dût sa franchise
creuser sous ses pieds un abîme dans lequel
elle s'engloutirait !

Elle résolut de profiter de la première entrevue qu'elle aurait avec Georges. L'occasion, tout à la fois souhaitée et redoutée par elle, ne tarda point à se présenter. Le comte de son côté, aspirait au moment où il pourrait s'entretenir avec celle qu'il aimait.

De sombres préoccupations qu'il ne pouvait définir l'agitaient.

Lorsqu'il fut seul avec la jeune fille, il lui prit la main ; mais celle-ci la retira lentement.

— Ah ! dit-elle, ces jours dont vous parlez sont loin déjà.

— Ils reviendront.

— Non ! reprit-elle simplement; si vous le voulez bien ne parlons plus du passé... mais du présent !

— Et de l'avenir ?

— Du présent ! il le faut. Vous avez demandé la main de l'héritière des Gorzki ?

— Iluska me la refuserait-elle ? reprit vivement Georges en plongeant son regard dans les yeux bleus de la jeune fille.

La voix de celle-ci se brisait. Elle n'osait parler et déchirer le voile sombre qui cachait un monde aux yeux du comte.

— De grâce, soupira-t-elle, renoncez à vos projets !

— Iluska, vous ne m'aimez donc plus ! Et

cette preuve d'amour, la plus grande que puisse accorder une femme, vous ne vous la rappelez donc plus ? En quoi ai-je démérité, ma chère âme ? Je vous ai dit que je reviendrais. Me voici !

— Je vous en conjure, ne me dites pas un mot du passé.

Le baron était entré. Son œil gris de fer s'était appesanti incisif sur la jeune fille.

Elle n'osa point achever.

Et Georges de Stein la quitta sans avoir pu rien apprendre.

Était-ce bien Iluska qu'il avait quittée si aimante, si expansive, si heureuse d'aimer et d'être aimée ! C'était le même visage un peu pâli ; mais il lui semblait que ce n'était plus la même voix. S'était-elle crue oubliée ? Le chagrin avait-il ainsi alangui sa voix, glacé ses traits et jusqu'à son cœur ?

— Je l'aimerai tant, se dit-il, qu'elle oubliera l'absence, et je la retrouverai telle que je l'ai laissée ! Je réchaufferai ce cœur refroidi ; je ferai reverdir cette âme desséchée, et la douleur qui semble la miner fondra aux rayons de mon amour.

Cependant le baron, qui les surveillait avec une vigilence de duègne espagnole, ne les lais-

sait jamais à même de se faire une confidence.
La jeune fille ne pouvait avouer la supercherie
dont ils étaient victimes ; et lui, n'osait point
faire allusion au passé.

Ainsi torturée, Anna marchait devant elle
comme fascinée, attendant de la Providence
le moment de déclarer au comte qui elle était.

Dût-elle faire cet aveu en allant à l'autel,
elle le ferait.

Quant au prochain mariage de Mlle de Gorzki
avec le comte de Stein, personne ne l'ignorait
dans le Burg ; il devait avoir lieu à l'automne,
avant la saison des chasses.

Nous l'avons dit, le baron veillait à ce que
le comte et sa fiancée se trouvassent le moins
possible en tête-à-tête : il l'emmenait avec lui
dans ses pérégrinations. Mlle de Gorzka ne sortait point. Les semaines se passaient et l'époque fixée pour l'union des deux jeunes gens
se rapprochait à pas de géant.

Un jour que le baron et le comte étaient partis ensemble, le page, nommé Hans, qui depuis
quelque temps semblait épier Mlle de Gorzka,
l'aperçut seule sur la terrasse du château. Ab-
sorbée dans un monde de pensées, la jeune
fille ne l'avait point vu venir. Timide, hésitant
comme s'il craignait d'être surpris, il s'appro-

cha d'elle. Anna, croyant voir un espion du baron, voulut s'éloigner.

— De grâce, madame, soupira l'enfant, écoutez-moi ! Personne ne peut nous entendre, et il faut que je vous parle ; il y va de votre bonheur !

L'accent de cette voix jeune et sonore avait quelque chose de si ému que l'infortunée se retourna vers lui. S'accoudant de nouveau sur la balustrade pour dissimuler son émotion ; elle lui dit :

— Parle !

— Mlle de Gorzka n'est point morte !

Anna se redressa vivement, et une grande rougeur couvrit son visage. Cet enfant, lui aussi, était-il dans la confidence du terrible secret, et voulait-il l'humilier en lui reprochant par ces mots le rôle honteux qu'on lui faisait jouer ?

Hans reprit.

— Elle n'est point morte. Moi seul, je sais qu'elle a été conduite un soir hors du château, et les gens du baron croient que c'est vous qui vous êtes sauvée.

Hans étendit la main dans la direction de la colline boisée.

— C'est là qu'elle est, dit-il ; j'ai suivi à travers les bois celui qui l'accompagnait, et je me suis assuré du lieu de sa retraite.

— Dis-tu vrai? interrogea fiévreusement Anna.

. — Je le jure! Bien des fois, j'ai rôdé aux alentours de sa retraite; mais on veille sur elle, et celui qui la garde la tuerait plutôt que de la laisser voir.

— Qui la garde ainsi?

— Votre père.

— Lui! complice de ce crime infâme? Conduis-moi vers elle, je me charge de tout.

— Ah! madame, ne me punissez point de la révélation que je viens de vous faire. Il y va de notre vie à tous; il y va de la vie de ma chère maîtresse.

— Hans, mon ami, reprit de sa voix caressante la jeune fille, je t'en prie, trouve un moyen de me faire parler à Iluska, tu m'auras sauvée.

— Fiez-vous à moi, je ferai ce que je pourrai; mais on ne saurait sortir la nuit du Burg, qui est gardé, comme vous le savez; d'un autre côté, Jânos parcourt constamment la partie du bois qui mène au chalet. Enfin! ajouta le page, Dieu nous aidera.

— Ecoute, trouve-toi ici ce soir.

Hans ne répondit que ces mots :

— On vient.

Et il s'éloigna. En effet, Jânos paraissait sur le coin de la terrasse.

L'horizon sombre de la jeune fille s'éclairait d'une lueur. Lueur bien faible, en vérité, mais qui pouvait passer pour un soleil au milieu des ténèbres qui l'environnaient.

Hans était le varlet que nous avons vu s'approcher de la femme qui sortait du château. C'était lui dont Jânos avait aperçu l'ombre au moment où il allait enfermer pour toujours la fille de son maître.

Anna n'eut plus d'autre souci que de révéler à Georges le double secret : secret pour elle dont la révélation la rendait heureuse, secret multiple pour le comte de Stein qui allait enfin connaître les angoisses de la chère âme supprimée de la vie par ordre du baron.

Une circonstance lui permit, non pas de dire ce secret, dont la révélation eût demandé un entretien assez long, mais de jeter quelques mots à Georges, afin de le préparer à cette douloureuse confidence. Elle l'amena sur la terrasse où déjà nous l'avons vue avec le page, et elle lui indiqua de la main la colline couronnée de pins.

— Sous prétexte de prendre une vue de la vallée, dirigez-vous demain vers ce plateau. Tâchez de ne point être aperçu, car on vous épiera. Vous trouverez un petit chalet abandonné : frappez à la porte et dites votre nom. Tout me porte à croire que vous y verrez Iluska, qui vous apprendra bien des choses. Surtout, veillez à ce que vous ne soyez pas surpris.

Elle mit un doigt sur ses lèvres et laissa Georges seul.

De Stein, sans se douter de la gravité du drame dont peut-être il allait provoquer le dénouement, était heureux. Il pensait que bien des idées, confuses dans son esprit, allaient s'élucider. Il allait peut-être enfin avoir le nœud de l'énigme de cette transformation d'Iluska. Pour Anna, elle entrevoyait le terme de son martyre, elle allait enfin pouvoir jeter à terre ce manteau de dissimulation qui la rendait odieuse à ses propres yeux.

Le lendemain de bonne heure, le comte Georges sortait du Burg avec son album sous le bras. Hans le précédait portant un fusil et tenant en laisse deux briquets. Afin de donner le change à ceux qui auraient pu l'observer, il prit le contrepied et se dirigea vers la Saâle.

Après quelques cents mètres, il fit découpler les chiens et s'orientant au mieux, il s'enfonça sous bois. Mille idées confuses l'agitaient. Que devait-il apprendre?

Il choisit les sentiers les plus ardus comme les moins fréquentés. Séparé du page, il cherchait des yeux le chalet.

On était arrivé au fond d'une gorge, hors de vue du château. '

De quel côté se diriger? Il corna les chiens qu'il fit accoupler. Les sons de voix eussent révélé sa marche, et toute surprise le mettait dans l'impossibilité d'accomplir son projet. Il dit au varlet qu'il serait désireux d'atteindre le plateau dont on lui avait parlé, et du haut duquel on découvrait la vallée et les tours du Burg.

Hans fixa de ses petits yeux clairs le comte.

— Monsieur le comte désire voir la gorge dite le Saut-du-Loup?

— J'ignore comment on l'appelle, répartit Georges... mais Mlle de Gorzka m'a parlé d'un chalet assez pittoresque.

— L'ancien rendez-vous de chasse, une masure abandonnée?

— C'est cela, répondit vivement de Stein.

Mlle Anna avait parlé, Hans n'en douta plus.

Tenant en main les chiens, il franchit un petit ravin et précédant le comte, il se fraya un chemin à travers les broussailles. De temps à autre, ils prenaient un sentier qu'ils quittaient ensuite pour s'enfoncer au plus épais du bois. Après vingt minutes de marche silencieuse, la montée devint plus rapide. Arrivés au sommet, Hans indiqua du doigt une petite aiguille qui semblait de niveau avec la plate-forme sur laquelle ils se trouvaient.

— Voici, dit-il, nous arrivons au Saut-du-Loup.

Il fallut encore descendre ; puis, contournant un peu, ils trouvèrent un étroit sentier. Vingt minutes après, ils étaient au terme de leur route.

Adossé à de vieux chênes, s'élevait un chalet sans étages, dans le style gothique : quelques mètres seulement le séparaient d'un immense précipice. On arrivait derrière la masure que l'on ne découvrait que lorsqu'on était de plain-pied. De ce point culminant, on pouvait apercevoir une tourelle du Burg de Gorzki. Cette masure délabrée, malgré quelques réparations récentes, eût pu, dans une époque plus reculée, être regardée comme la demeure d'un sorcier.

Sur le cintre de la porte était fixée une tête de dix-cors décharnée, dont la ramure blanchie par la pluie des hivers avait la couleur des os d'un squelette.

A droite, au-dessus d'une vigne dont le maigre corps serpentait dans les interstices des pierres mal jointes, on avait fixé par les ailes un chat-huant. Plus loin, c'était une tête de renard. La porte, faite en chêne cloué, était presque neuve. Une seule croisée à gauche, garnie de barreaux, laissait arriver la lumière dans cet antre fantastique et effrayant le soir, bizarre par les jours sombres. Un petit banc de pierre était appuyé contre le mur tapissé d'une vigne.

Dans de meilleurs temps, on s'était assis là alors que le chalet servait de rendez-vous de chasse. Depuis longtemps tout paraissait abandonné. Ce tapis de mousse, de dix mètres de surface, qui séparait le chalet du précipice portait à peine l'empreinte de quelques pas.

Georges de Stein jeta son album sur la mousse et s'avança vers la porte, après avoir fait signe au page de s'éloigner. Celui-ci maintenant les briquets retourna à l'entrée du sentier, afin de s'assurer si personne ne les avait suivis.

Le comte, le cœur ému, frappa à la porte.
Aucune voix ne répondit. Il frappa de nouveau.

— Georges! dit-il.

Ce nom avait été prononcé à mi-voix comme
s'il devait être attendu. Un bruit étrange se fit
dans l'intérieur et la porte s'ouvrit.

Une jeune femme, enveloppée dans une spa-
cieuse tunique en laine blanche, pâle comme
une morte et les cheveux au vent, parut sur le
seuil de la maison mystérieuse.

On eût dit un spectre.

— Iluska! s'écria le comte de Stein.

La jeune femme, le regard éperdu, voulut
s'élancer vers lui ; mais ses forces ne s'y prê-
tant point, elle s'appuya contre le pilier de la
porte.

— Mon Georges! je savais bien que tu reviendrais!

En cet instant, Hans accourut pour leur annoncer qu'ils étaient découverts. Les chiens
allaient au-devant de leur maîtresse qu'ils reconnurent. Soumis, ils se roulèrent aux pieds
de celle qui les avait si souvent flattés. Ils la
reconnaissaient après cette longue absence,
bien qu'elle eût plutôt l'air d'un fantôme que
d'un être vivant.

Hans, les yeux remplis de pleurs, s'inclinait devant cette grande douleur, devant cette victime de l'orgueil paternel.

La pauvre femme lui sourit mélancoliquement ; elle se rappela que lui aussi, comme un chien fidèle, il l'avait suivie dans l'ombre alors qu'on la chassait du Burg.

A l'avertissement donné par le valet, Georges s'était précipité du côté du sentier. Il se trouva face à face avec Jânos. Pâle, les lèvres serrées, le complice du cruel baron était accouru ainsi qu'un corbeau qui flaire un cadavre. Son œil roux rencontra le regard étincelant du comte de Stein. Il comprit tout. Devant lui était dressée sa victime.

Fou de frayeur pour l'avenir, il prit son fusil. Quel usage allait-il en faire ? Georges eut peur de comprendre et il mit les deux mains sur l'arme. Une lutte s'engagea entre les deux hommes.

— Laissez faire ! C'est la folle, vociférait le garde.

— Malheureux ! cria Georges.

D'un geste rapide, il lui arracha l'arme. Après avoir tournoyé dans l'air, le fusil alla tomber dans le précipice. Jânos, ivre de rage, dirigea ses pas vers Iluska, que ses facultés mentales rendaient muette spectatrice d'une scène dont elle était l'enjeu.

Georges passa devant lui.

— Vous ne toucherez point à Mlle de Gorzka.

— Mais c'est la folle que l'on enferme ici par pitié, folle dangereuse, monsieur le comte, et qui prétend, en effet, être Mlle de Gorzka, bien qu'elle ne soit qu'une aventurière.

— Misérable !

De Stein saisit le garde à la gorge. Iluska se jeta entre son amant et son bourreau. A ce moment, Jânos se déroba à l'étreinte de son adversaire et chercha à s'emparer de la jeune femme.

Mais celle-ci, s'effaçant de côté, lui échappa ; puis, rapide, elle s'éloigna jusqu'à l'extrémité du tertre. D'un bond, Georges fut auprès d'elle.

Hélas ! l'infortunée piétinait sur la margelle qui surplombait le précipice du Saut-du-Loup. Adossée au vide, elle se cramponna à celui pour lequel elle avait tant souffert ! Elle fuyait sa prison en courant à la mort. A un mouvement de Jânos qui paraissait s'avancer de nouveau vers elle, elle se pencha en arrière. Une pierre de la margelle céda sous son

pied ; entraînant avec elle son amant, elle roula
dans l'abîme !

Mlle de Gorzka cette fois était bien morte !
Les deux corps enlacés tourbillonnèrent dans
e gouffre, se heurtant d'ici de là contre les
pointes des rochers qui se les renvoyèrent de
l'un à l'autre. Enfin, morts, méconnaissables,
brisés, mais non point séparés, ils arrivèrent
au fond.

Ils étaient réunis dans la mort !

Hans après cette scène se pencha sur l'abîme
et vit un point blanc. C'était eux ! La longue
tunique d'Iluska enveloppait comme d'un linceul les restes des deux amants, et paraissait une tache blanche au sein de la nuit du
gouffre.

Dans le burg, Anna anxieuse attendait le
retour du comte ; elle l'avait suivi du regard et
accompagné de ses vœux lorsque le matin il
était parti avec Hans.

Hans rentra seul, et elle attendit en vain
le comte de Stein. Il ne devait plus revenir !

Au dîner qui eut lieu à l'heure accoutumée
le baron annonça que le comte s'était tué en
tombant dans le Saut-du-Loup. Frappée au
cœur, Anna s'affaissa et tomba inanimée. Les
gens du château attribuèrent cet évanouisse-

ment à la douleur que lui causait la mort de son fiancé. La pauvre enfant avait compris qu'un grand malheur était arrivé, et elle songea avec horreur qu'elle était, par sa révélation, la cause involontaire de cette catastrophe.

Dans l'après-midi, Jànos, accompagné d'un homme, se rendit au précipice. Il s'y glissa d'abord seul et donna à l'homme le corps du comte ; quant à lui, il enveloppa avec soin et sans être vu les restes d'Iluska dans son grand vêtement blanc et creusa lui-même un trou sous une pierre noire.

Ainsi, la très-haute et très-puissante baronne Iluska, Hélène-Bathilde Gorzka n'eut pas même une tombe ! Et, pas un signe ne fit connaître au paysan que c'était là que reposaient ses restes.

Le corps du comte fut rendu à sa famille. Un journal de Dresde raconta que M. de Stein étant à la chasse dans les forêts du baron de Gorzki, avait voulu sauver la vie à une folle venue on ne savait d'où, au moment où elle allait se précipiter dans un profond ravin et que la folle l'avait entraîné dans sa chute. En ce qui concernait Mlle de Gorzka, en apprenant la mort de son fiancé, elle avait déclaré qu'elle

renonçait au monde, et elle était entrée en re-
ligion.

Instruite par Hans du drame qui s'était ac-
compli au chalet, Anna, accompagnée du
page, prépara sa fuite. C'était le soir ; les
fugitifs gagnèrent les montagnes où ils passè-
rent la nuit. Le lendemain, ils se mirent en
route pour la Bavière. Voyageant la nuit, après
mille fatigues, ils arrivèrent en Suisse. Anna
n'avait point voulu revoir son père. Elle finit
ses jours dans la montagne avec Hans qui lui
consacra sa vie.

La baronne de Gorzka mourut l'année suivante. Son agonie fut terrible : elle prononçait
en râlant le nom d'Iluska ; constamment pendant sa maladie elle redemandait sa fille au
baron. Elle a été enterrée en grande pompe
dans la chapelle du château avec ses aïeux.

Le baron de Gorzki vécut seul dans son
burg. Depuis, il s'est trouvé aux prises
avec un sanglier, sur le plateau même où
s'était dénoué ce lugubre épisode de l'histoire de sa famille. Le solitaire acculé allait lui
faire un mauvais parti, quand Jânos envoya
une balle dans la tête de la bête et sauva son
maître. Au milieu des dernières convulsions,
le solitaire se rua dans le gouffre qui avait

servi de tombe à Iluska et au comte de Stein.

Le baron le regarda se briser dans sa chute.

— Il ne devait pas en réchapper, dit-il, l'endroit est fatal !

Jânos détourna les yeux de l'abîme.

— C'est égal, continua M. de Gorzki, on pourrait dans l'avenir appeler le *Saut du-Loup*, le *Saut du Solitaire !* quelle culbute, Jânos !

Le garde ne l'entendait plus, il redescendait la montagne.

Le Burg des Gorzki est connu sous le nom du *Burg maudit*.

FIN.

UN DRAME

DANS LE BROUILLARD

C'était par un jeudi de la fin de novembre. Paris s'était réveillé enseveli dans le brouillard, un brouillard froid, pénétrant, qui semblait avoir des prétentions à faire du jour la nuit. Il n'y avait point fort mal réussi, vu qu'à midi, dans certains quartiers, on fut obligé de déjeuner aux bougies. Enfin, vers les deux heures, un rayon de soleil avait fini par percer ce sombre voile, qui donnait à la ville un air lugubre. Puis, le brouillard, comme par enchantement, s'était enfui vers le nord, ainsi qu'une fumée légère.

Le Paris vivant était debout, et de trois

heures à quatre, les Parisiennes, gaies et sou-
riantes, qu'il fasse froid, qu'il neige ou qu'il
grêle, piétinaient les boulevards, les rues et
les promenades. Le soleil souriait, les fleurs
pouvaient bien prendre l'air !

A quatre heures, le brouillard, un instant
évaporé, s'abattit de nouveau sur la ville. Il
s'épaissit à vue d'œil, si bien qu'avant la chute
du jour, les rues furent dans l'obscurité la
plus complète.

A cinq heures, il faisait un de ces brouil-
lards inaccoutumés qui empêchent même de
voir les passants à dix pas. La lumière des
réverbères était devenue rougeâtre et fumeuse.
Peu à peu, on ne distingua même plus ces
lueurs ternes. On eût dit la ville enveloppée
dans un immense linceul ; les passants se
heurtaient, les voitures s'arrêtaient, ne pou-
vant plus avancer.

Quelques promeneurs cherchaient à regagner leurs demeures, d'autres riaient en songeant aux bousculades et à l'imprévu qu'un
pareil état atmosphérique pouvait faire
naître. Ceux qui se quittaient de la longueur
du bras ne se retrouvaient plus. Ce brouillard
jouait au grand complet une féerie comique.
On entendait quelquefois en passant les frais

éclats de rire des jeunes filles tout heureuses
de cet inattendu, qui rompait d'une si singu-
lière façon la monotonie de leurs promenades
habituelles. Des jeunes filles de magasin, per-
dues, demandaient leur route de porte en
porte. Les désœuvrés, profitant de la circonstance, n'avaient pas hâte de rentrer, espérant
peut-être des dénouements imprévus.

Certes ils avaient raison. Et j'ai toujours
pensé qu'un temps semblable peut être très-
fécond en aventures. Ah! si l'on pouvait pré-
voir ces fantaisies de la nature, que d'enlève-
ments projetés réussiraient! Mais la nature agit
capricieusement, sans donner son programme
aux pauvres mortels.

Toujours est-il que la situation ne manquait
pas d'originalité. Personne ne songeait aux
accidents qui pouvaient survenir ; et, j'en suis
convaincu, la plupart regardaient ce temps
comme charmant.

Je me trouvais sur le boulevard Haussmann,
heurtant, heurté, cherchant moi-même ma
route, quand, à la hauteur de la rue de l'Ar-
cade, autant que j'en pus juger, je croisai une
ombre qui semblait tout au moins aussi er-
rante que moi. J'entendais le clic-clac d'une

4

petite bottine, je vis une forme noire : c'était une femme.

— Vous allez vous perdre, madame, lui dis-je.

Elle s'arrêta.

— Je crois que c'est déjà fait, me répondit-elle presque gaiement. Mais, où suis-je ?

— Je pense que vous êtes sur le boulevard Haussmann.

Elle se prit follement à rire.

— Jamais je n'arriverai ; d'abord je ne sais si je monte ou si je descends ?

Je pouvais, sans indiscrétion aucune, lui demander où elle allait. Elle me répondit avec une simplicité d'enfant et une franchise toute rieuse :

— Rue de...

Mon inconnue, que je supposais fort jolie, — elle était voilée, — demeurait entre les Ternes et Courcelles.

Je lui offris de la mettre sur son chemin. Elle accepta avec une grâce parfaite.

— Vous me rendrez service, ajouta-t-elle franchement.

Je ne pouvais pas ne point lui offrir mon bras.

Elle le prit sans façon et se mit de nouveau à rire d'un rire frais et sonore.

— Quelle aventure ! dit-elle ; on ne le croira jamais !

Sans savoir où j'allais, je marchai bravement devant moi, entraînant la compagne que le brouillard me donnait d'une façon si originale.

Je puis vous certifier que le brouillard a du bon ! On n'a point besoin de ses yeux quand on donne le bras à une femme, pour savoir si elle est jeune, élégante, si, en un mot, elle mérite votre attention.

Mon inconnue marchait divinement ; son bras rond et moelleux s'appuyait résolûment, sans pruderie, sur le mien. Bien que nous ne puissions point nous voir, en parlant, elle tournait vers moi son visage par de mutines inclinaisons. On rêvait la jeune fille à cette voix pure, claire comme un timbre d'argent.

Elle parlait, riait comme si déjà nous nous fussions connus depuis une journée. On eût dit la liaison qu'occasionne un long voyage en tête-à-tête.

Nous allions toujours devant nous, sans y voir davantage ; mais peu inquiets de l'issue du voyage.

Ma compagne, qui était une jeune fille, avait

perdu sa mère et sa sœur place du Grand-
Opéra, au moment où elles cherchaient une
voiture.

La naïve enfant ne pensait nullement aux
craintes que son absence allait causer à sa
mère ; elle riait, ajoutant toujours :

— C'est à ne pas croire !

Elle se nommait Hélène... Avouez que ce
nom est prédestiné aux aventures ; et notre
aventure ressemblait un peu, à cause des circonstances, à un enlèvement.

Au bout de vingt minutes de marche, ne
sachant plus moi-même où nous étions, je lui
offris de prendre une voiture qui la remettrait
chez elle.

— Ça non ! répondit-elle d'un air résolu ;
c'est bien assez de me faire ainsi accompagner par quelqu'un que je ne connais pas...
mais dans la rue, en plein soleil, ajouta-t-elle,
quel mal y a-t-il !

Elle avait cette assurance calme et parfois
téméraire de toute jeune fille innocente, aux
regards incisifs, parfois audacieusement inso-
lents.

— A propos, me dit-elle vivement, comment
vous nommez-vous ? C'est bien le moins, que
je connaisse le nom de mon guide.

Je n'avais pas cru devoir insister pour prendre de voiture, mais je commençais à être sérieusement embarrassé ; nous arrivions dans des quartiers où les réverbères n'étaient même point allumés ; et il y avait déjà longtemps que nous marchions. Notre bizarre rencontre commençait à me préoccuper pour la jeune fille.

Où étions-nous ?

Les passants devenaient de plus en plus rares. Nous en rencontrâmes qui, comme nous, cherchaient leur route. Un piéton nous dit que nous tournions le dos au quartier des Ternes, et nous fit prendre une autre voie.

Cependant la gaieté ne nous abandonnait pas, et et nous causions de tout, excepté du brouillard. A toutes mes questions, Hélène répondait avec une naïveté adorable.

Quand je lui demandai si elle avait aimé, elle me répondit :

— Mon cœur est aussi neuf qu'un livre qu'on vient d'acheter.

— Heureux, lui dis-je, celui auquel il sera permis de le feuilleter !

— Ah ! vous croyez !

Puis elle se tut.

Je me reprochais d'avoir peut-être fait une

4.

question indiscrète. Il est vrai que le brouillard était une circonstance atténuante.

La situation devenait passablement étrange !
Depuis une heure à peine j'étais seul avec une
jeune fille, absolument inconnue, intrépide
dans son innocence, et qui s'appuyait sur mon
bras. De plus, nous étions réellement égarés.
Pas une lueur !... le brouillard sombre, épais,
froid !

Tout à coup je sentis qu'elle frissonnait !
J'étais préoccupé, et la route n'en finissait
pas. Les rues avaient succédé aux rues ; nous
avions rencontré des arbres, puis des champs
et pas de maisons.

Elle aussi finissait par songer. Le poids de
son corps se faisait sentir. Elle parlait peu.

Nous ne pouvions rester en place ; il fallait
avancer à l'aventure.

— Mon Dieu ! dit-elle, n'arriverons-nous
pas ?

Ce fut à moi de prendre la chose gaiement et
de la rassurer.

— Vous avez peur ? lui demandai-je.

— Oui et non, dit-elle.

— De moi ?

— Oh ! je ne vous le prouve pas, je crois ;

mais je me demande où nous sommes et ce que nous allons faire ?

— Pourquoi avez-vous refusé la voiture ?

— J'ai eu tort, fit-elle ; mais je n'osais pas. Enfin, à la grâce de Dieu ! Marchons vite, car ce brouillard, que j'ai trouvé si charmant tantôt, commence à être très-froid.

Je pris ses deux petites mains, que je serrai dans les miennes.

— Vous ne m'en voulez pas ?

— De quoi, mon Dieu !

— De vous voir égarée.

— Je l'étais bien plus sans vous, et je suis, au contraire, bien contente de ne pas être seule. Que ferais-je ici ? il n'y a pas de votre faute.

— Chère enfant, voilà une journée que je me rappellerai.

— Moi, dit-elle en reprenant un ton enjoué, je lis mon roman de ma vie de jeune fille.

— Vous en lirez de moins sombres.

Elle ne répondit point ; elle grelottait.

Je passai mon bras autour de sa taille, et je la soutins ainsi quelque temps sans mot dire.

Nous heurtâmes une petite maison qui me parut isolée.

Je frappai afin de m'enquérir du lieu où nous étions. Une femme vint nous ouvrir.

— Entrez ! dit-elle.

Nous acceptâmes. Un gîte, quel qu'il fut, était ce qu'il y avait de plus enviable pour le moment. La pauvre enfant semblait transie de froid.

A la lueur fumeuse d'une lampe au pétrole, j'aperçus nos hôtes.

Un homme, le mari sans doute, était assis à une table et buvait une absinthe. D'épais sourcils en buissons ombrageaient ses yeux et lui donnaient un air farouche. La femme, petite, enveloppée dans un de ces châles appelés tartans, avait une figure ignoble ; des yeux éraillés et émérillonnés par l'alcool donnaient du dégoût.

Elle nous regarda en souriant.

— Par ici ! dit-elle.

Elle montrait un petit escalier en bois caché par un rideau en perse fanée.

— Ce n'est pas la peine, lui dis-je ; nous attendrons ici que le brouillard soit un peu passé.

— Vous serez bien mieux en haut,... personne ne vous dérangera ; on vous donnera quelque chose de chaud.

Elle regardait Hélène.

— Venez, ma petite, dit-elle à la jeune
fille.

— Non ! repris-je vivement, nous partons.

J'avais compris... et je me dirigeai vers la
porte, entraînant ma compagne.

La jeune fille me précédait. Au moment où
j'arrivais à la porte, j'entrevis dans une pièce
borgne, à côté de celle où nous étions entrés,
un jeune homme bien mis, et qui semblait, lui,
n'être pas venu là par hasard, car une voix
de femme se fit entendre. Ce jeune homme
parut vouloir venir à moi ; mais je n'y pris pas
garde. Il était en bonne fortune, et pouvait être
mécontent de s'être rencontré avec des gens de
son monde. Je sortis.

Hélène avait repris mon bras.

— J'ai eu peur, me dit-elle. Quelle vilaine
femme !

Pauvre mignonne, se doutait-elle de l'antre
abject dans lequel le hasard nous avait conduits ? Elle n'avait point sondé l'abîme ; mais
dans la pure intuition de son âme, elle avait
pressenti un danger. Frissonnante encore de
répulsion instinctive et de froid, elle se serra
contre moi, et nous marchâmes quelques secondes sans mot dire.

J'entendis des pas derrière nous ; mais je

n'y fis aucune attention. Le brouillard commençait à tomber. Nous nous orientâmes à la
fin, et, après vingt minutes de marche, nous
arrivâmes devant sa maison.

Sa gaieté était en partie revenue. Je lui ten-
dis la main pour la quitter, lorsqu'elle préten-
dit que je devais la remettre à sa mère elle-
même. Elle y mit une insistance si naïve, que
je cédai à son désir, fort juste au fond. L'aventure, d'apparence invraisemblable, n'avait rien
que de très-naturel.

On attendait la chère enfant avec une an-
xiété visible, car la porte était ouverte avant
qu'elle eût sonné, et comme si on eût deviné
son pas dans l'escalier; sans doute on comptait
les secondes, et chaque bruit qu'envoyait la
rue était interprété de mille façons.

Qu'était-elle devenue?

Comme une petite folle elle courut à sa
mère. Le père, vieillard déjà, vint à elle et lui
prit les mains. Dans l'ombre, je regardai avec
attendrissement le touchant tableau de cette
honnête famille, qui avait passé par toutes les
angoisses de l'incertitude, et que le bonheur
empêchait de parler. On ne songeait nullement
à lui demander ce qui lui était arrivé. On la
possédait, on était heureux.

Se dégageant des étreintes de ses parents, elle vint à moi, et, me prenánt par la main :

— Sans monsieur, dit-elle, je ne sais si vous auriez revu aujourd'hui votre Hélène.

Et elle se mit à raconter sa séparation forcée par le brouillard, et comment, perdue, elle s'était adressée à moi pour la remettre dans son chemin ; nous nous étions égarés tous les deux ; enfin nous étions là !...

Le vieillard me regarda fixement ; — un doute était peut-être entré dans sa pensée ; — mais aussitôt il me tendit la main.

Hélène n'avait pas parlé de la petite maison où nous étions entrés. Je lui en sus gré. — Était-ce pudeur ? était-ce qu'elle n'y avait pas songé ?

Certes, la chère enfant était trop pure pour penser à un subterfuge afin de céler un incident de sa migration dans le brouillard.

Enfin l'émotion commençait à se calmer, car elle était bien là devant eux, souriante, vive, rieuse comme le matin. On commença à la gronder sur son étourderie, mais cette gronderie était remplie de saveur. Hélène était comme l'enfant qu'on a vu tomber, et qu'on gronde dans l'appréhension où l'on est qu'il ne se soit blessé.

Toute la famille était rassurée. Le cher trésor était là. On pouvait, comme après les grands événements, rétablir le pour et le contre, multiplier les *si*, et parler des fautes qui ont dû précipiter l'événement et des précautions qui auraient dû le prévenir.

Plus les faits fortuits sont vraisemblables, plus on a de difficultés à y ajouter foi.

Ma mission de hasard était remplie.

Je me levais pour me retirer, quand la porte de l'appartement où nous nous trouvions s'ouvrit vivement.

Un jeune homme entra.

Je reconnus celui que j'avais vu chez l'atroce vieille chez laquelle nous étions entrés.

Hélène s'était levée et avancée vers lui pour qu'il l'embrassât.

Le nouveau venu la repoussa violemment, et la jeune fille alla tomber dans les bras de sa mère.

La stupeur était peinte sur tous les visages.

Nous fûmes debout.

— Victor! demanda le père, qu'y a-t-il?

Mais le jeune homme, sans rien entendre, s'avança vers moi.

— Sortons, monsieur, dit-il.

Je pensais que cet homme était fou et je regardai Hélène.

— Sortons! répéta-t-il.

Et se tournant vers son père :

— La place de l'amant de ma sœur n'est pas
ci !

L'homme que j'avais vu en bonne fortune
dans la maison suspecte était le frère d'Hélène !

Je sentis le sang me monter au visage en
entendant l'indigne accusation si brutalement
lancée sur cette pure jeune fille.

Hélène avait poussé un cri et était tombée
inerte sur le parquet.

Il était bien difficile de chercher à me justifier devant cette famille atterrée, quand un des
membres de cette famille m'accusait si haute-
ment de séduction avec un semblant de preuves.

Je sortis.

J'entendis le vieillard qui s'écriait :

— Malédiction !...

Cette aventure devenait un horrible cauchemar.

Le frère d'Hélène était descendu avec moi.

— Si je veux me justifier, lui dis-je, ce
n'est pas pour moi, mais uniquement pour
votre sœur, que le hasard m'a fait rencontrer

aujourd'hui, et que vous outragez si indignement sans preuves.

— Sans preuves ! vociféra-t-il. Et le taudis où je vous ai vu avec elle ? Allons, point de lâcheté après la séduction. Votre carte, et demain j'aurai fait justice des gens de votre espèce.

En présence d'une semblable exaspération je n'avais rien à ajouter ; je lui remis ma carte et je lui dis que je l'attendrais demain lui ou telle personne qu'il lui plairait de m'envoyer.

— Quant aux causes de cette rencontre, ajoutai-je, il est de votre honneur que personne ne les connaisse. Pour moi, je saurai trouver un motif afin d'égarer la curiosité des témoins.

— Vous paraissez bien soucieux d'un honneur que vous avez traîné dans la boue ; quel motif prendrez-vous, vaillant paladin ?

— Trêve de railleries ! lui répliquai-je en lui saisissant le bras. Votre maîtresse, avec laquelle vous étiez tantôt, sera l'objet de notre querelle.

Mon adversaise blêmit.

— A demain ! ajoutai-je, et nous nous séparâmes.

Quand je fus seul, la colère qui s'était emparée de moi tomba tout à coup. Je songeai à

Hélène, cette belle jeune fille qu'un atroce
soupçon allait peut-être perdre à jamais. Car
enfin, l'issue de ce duel, quelle qu'elle fût, ne la
réhabiliterait point dans l'esprit de sa famille.
Puis, l'avouerai-je, la chaste figure de cette
jeune fille me rendait sans force devant son
frère ; la sympathie qu'elle m'avait d'abord
inspirée se métamorphosait en profonde affection, et pour l'amour d'elle je ne désirai que,
me défendre et non point attaquer. J'aurais
été désolé qu'un coup mortel de ma part attei-
gnît le frère de celle dont l'aimable candeur
m'avait, en si peu de temps, aussi profondément émotionné.

Qu'allait-elle devenir, elle, lorsque, revenue
de son évanouissement, elle allait se trouver
sous les regards courroucés de sa mère et de
son père ? N'allait-on point aussi la séparer de
sa sœur, pour que l'ivraie n'étouffât pas le bon
grain ? Pauvre chère petite, si gaie le matin,
si sémillante il n'y avait que quelques heures,
et plongée tout d'un coup dans les aventures
sans fin d'une vie manquée ! Et cela à cause
d'une circonstance grotesque en apparence :
parce qu'il avait fait du brouillard ! Ne m'avait-
elle pas dit quelques heures auparavant : « Ce
sera mon roman de jeune fille ! » La première

page de son roman commençait d'une façon bien sombre.

Je pensais à cela, et à la bizarrerie des événements qui composent la vie et la rendent parfois si semblable à une mauvaise plaisanterie.

Le duel ne m'inquiétait nullement, mais le sort de cette jeune fille si indignement calomniée m'impressionnait.

Je trouvai deux amis auxquels je racontai une petite fable de circonstance, et qui me promirent d'être chez moi le lendemain à huit heures.

Mes témoins précédèrent de quelques instants seulement ceux de mon adversaire. J'ai su depuis que les uns et les autres avaient tenté un arrangement, mais que la connaissance imparfaite que les uns et les autres avaient eu de l'offense prétendue les avait empêchés d'obtenir une conciliation.

Il fut décidé que nous nous battrions le jour même, à deux, heures, à l'épée. Les conditions réglées, je désirai avec impatience le moment qui devait dénouer, sinon entièrement, du moins à peu près, ce galant épisode du jour de brouillard.

Le temps était sombre et froid ; le brouillard

de la veille semblait devoir renaître vers le soir. La mare d'Auteuil avait été choisie comme lieu de rendez-vous.

Nos témoins choisirent, à quelques mètres de là, une clairière ; et nous ne tardâmes pas à croiser le fer.

Mon adversaire m'attaqua avec beaucoup de violence. Demeurant sur la défensive, je parais sans chercher la riposte. Mais le froid était vif et les fers ne se liaient point ; ils pouvaient rompre au moindre choc à faux. Il avait été convenu que le duel finirait au premier sang ; profitant d'un moment où mon ennemi, légèrement découvert, voulait me porter un coup droit, je dégageai rapidement, pour le toucher au bras, mais presque en même temps je sentis son fer m'entrer dans l'avant-bras.

J'en étais quitte à bon compte, à envisager la façon avec laquelle mon ennemi avait engagé le combat.

Ce duel, comme il arrive toujours, du reste, ne prouvait rien. Le frère avait prétendu venger sa sœur.

Mais le fait pour lequel il voulait se venger n'en existait pas moins. Le soupçon terrible qu'il avait dans l'esprit sur Hélène ne pouvait être amoindri par le résultat de la rencontre. Donc

la pauvre enfant demeurait ainsi calomniée par
les siens, et je n'avais aucun pouvoir de la
disculper. Son père avait ajouté foi à l'assertion que son fils avait jetée d'une façon aussi
inopinée au milieu de leur vie tranquille. La
mère elle-même, — les mères cependant sont
indulgentes, — n'avait-elle pas, au moment
de la terrible révélation, abandonné moralement sa fille.

Le témoignage de l'innocence d'Hélène ne
pouvait venir que de sa bouche et de la mienne,
c'est-à-dire par la narration exacte de ce qui
s'était passé entre nous depuis qu'elle avait
quitté sa mère jusqu'au moment où je l'avais
ramenée chez elle.

Or, nos explications, les seules possibles, devaient être suspectes. Il y avait bien le témoignage de la mégère qui nous avait reçus quelques instants ; mais le frère savait lui-même que
nous n'avions fait qu'entrer et sortir. Et cette
maison où le hasard nous avait conduits, il s'i-
maginait qu'elle ne nous était point inconnue !

La justification ne pouvait donc venir que
des accusés ou du bon sens et de la logique de
raisonnement de la part de ceux qui nous ju-
geaient ainsi sur des apparences aussi frivoles.

L'indignation, la colère avaient chassé le bon

sens de toute cette famille. Sans quoi ils auraient, sans grands efforts, établi la vérité
d'une façon irrécusable. Comment, en effet,
une jeune fille qui ne sortait pas sans sa
mère eût-elle, tout d'un coup, suivi le premier venu pour en faire son amant? L'eût-
elle fait, chose inadmissible, à moins d'un
conflit subit entre les organes et le cerveau,
aliénation momentanée, comment aurait-elle
contraint son amant à la reconduire jusque
dans la maison paternelle? On ne pouvait
même soupçonner que la dépravation d'une
jeune fille de dix-huit ans allât jusqu'à vouloir
présenter elle-même son amant à sa mère. Ce
cynisme, calculé diplomatiquement, ne pouvait certes pas venir à l'idée d'une mère ou
d'un père honnêtes. Ne devaient-ils pas plutôt
rejeter, tous d'abord, l'assertion de leur fils
jusqu'à plus amples preuves? Celui qui accusait de la sorte avait un grand poids; sa qualité de frère pouvait faire autorité. Cependant,
ce nom de fille n'était-il pas aussi puissant
pour faire tout d'abord traiter de calomnie
cette assertion terrifiante? N'était-il pas dans
la nature du cœur de la mère de crier spontanément : Mensonge! Hélène est pure! Dans
des circonstances semblables, on ne veut

même pas croire au mal, quand cependant il se présente indéniable.

Or, tout le contraire était arrivé. La foudre était tombée tout à coup sur cette famille calme dans son bonheur intérieur, et semblait avoir bouleversé toutes les notions du vrai.

Je gardai trois jours la chambre, songeant à cette chère enfant dont l'avenir m'effrayait. — Je ne pouvais encore écrire, ni dicter une lettre, sans compromettre davantage celle qui ne l'était que trop déjà.

Le quatrième jour, au matin, on m'annonça qu'une dame demandait à me voir.

C'était la mère d'Hélène.

Elle était pâle et avait beaucoup pleuré.

La réaction s'était opérée dans son cœur de mère. Elle venait chercher un témoignage pour justifier sa fille.

Le cœur gros d'angoisses, elle attendait mes paroles comme l'accusé attend le verdict d'un juge. L'enjeu de sa démarche était l'enfant de sa chair et de son cœur ; c'était sa fille retrouvée ou à jamais perdue. Je lui racontai l'aventure dans ses moindres détails. Lorsque j'eus fini, j'entendis un long soupir sortir de sa poitrine oppressée. On eût dit un pauvre être qui se réveille après un épouvantable cauchemar.

— Je vous crois, dit-elle vivement émue ; je suis heureuse.

Et elle me tendit la main.

Puis elle ajouta :

— Pauvre ange ! ainsi flétrie par un hasard maudit. Pourvu que Dieu nous la conserve !

Les larmes l'empêchèrent de continuer.

J'attendais, anxieux, qu'elle m'expliquât le sens de ces dernières paroles ; et je n'osais l'interroger.

Ses larmes taries, elle reprit au milieu des sanglots de son pauvre cœur endolori :

— Foudroyée par ce coup inattendu, Hélène n'a pas essayé de se justifier, et, à l'heure présente, elle est au lit et l'on craint une fluxion de poitrine. Le froid des quelques heures passées sous ce brouillard, la terreur de cette accusation inattendue, ont anéanti ses forces, et le mal fait des progrès rapides.

Si j'ai abandonné son chevet, c'est que je voulais trouver le meilleur remède à son mal et à ma douleur, c'est-à-dire sa justification. Je voulais, en un mot, être *convaincue !* Vous devez me comprendre, ajouta-t-elle suppliante, car, enfin, le cœur d'une mère ne saurait croire à la mort morale de l'être qu'elle aime le plus au monde.

J'avais un portrait de ma mère appendu à la cheminée. Je le décrochai et je le lui montrai.

— C'est ma mère, lui dis-je ; je jure sur ce portrait que ce que je vous ai dit est l'exacte vérité.

Elle était levée.

— Merci encore, dit-elle, je pars, car j'ai hâte de la revoir, et Dieu me la sauvera... il ne voudrait pas me la ravir après me l'avoir rendue. Et vous ? ajouta-t-elle en montrant mon bras en écharpe.

Je ne la laissai point achever.

— Pensons à Hélène.... à votre chère enfant, lui dis-je.

Elle sortit.

Avant de me quitter, elle porta la main à son cœur.

— Je saurai persuader son père et son frère.

Je n'osai point lui dire au revoir.

J'aurais cependant voulu savoir ce qu'allait devenir la mignonne créature entrée si fortuitement et d'une si bizarre façon dans ma vie.

Le comprit-elle ?

Quelques jours après cette visite, je reçus le billet suivant :

« Monsieur,

« Dieu semble vouloir nous punir d'avoir un « instant cru au mal. Nous redoutons un mal- « heur. La pauvre enfant a manifesté le regret « de ne pas vous voir. Elle sait tout.

« Venez. »

Je courus immédiatement rue de...

La pauvre mère vint à moi, et me conduisant vers la porte de la chambre de la malade :

— C'est sa réhabilitation, dit-elle à son tour ; le pauvre ange croira en votre parole.

Elle ajouta encore :

— Pas un mot de son frère ; elle n'a pas voulu le voir depuis qu'elle a été instruite de votre rencontre.

La mère entra la première.

Je jetai les yeux dans la pièce, et je vis couchée, pâle, ses grands yeux brillants de fièvre, la jeune fille que j'avais, quelques heures, connue si vive, si pleine de santé et ne demandant qu'à vivre. Sa sœur était au pied du lit.

Hélène me présenta sa petite main brûlante.

— Merci d'être venu, me dit-elle.

Et comme je lui offrais la main gauche au lieu de la main droite :

— Ah ! c'est vrai ! dit-elle.

Et ses yeux se remplirent de larmes.

Cette muette scène de son cœur ulcéré, reconnaissant peut-être de ce que je n'avais pas jeté le deuil dans la maison, me navra. J'aurais préféré se voir renouveler la scène du duel. J'avais le cœur serré, et, comme dans les grandes douleurs, les mots ne pouvaient pas venir.

— Ce malencontreux brouillard de l'autre jour vous a rendue malade, lui dis-je, et madame votre mère m'a permis de venir vous faire une petite visite.

Elle secoua mélancoliquement la tête.

— Ce n'est point le brouillard, dit-elle.

Sa mère et sa sœur l'imploraient du regard ;

elle leva vers le ciel ses yeux devenus tout secs.

— Au reste, ce sera bientôt fini, ajouta-t-elle.

Je ne me mépris point sur la portée de cette parole. Elle avait été frappée au cœur, et lorsque les commotions qu'on éprouve sont telles que celle qu'elle avait si soudainement ressentie, on n'en revient jamais.

— Oui, cher ange, tu seras bientôt guérie.

Hélène me regarda profondément, et comme je ne pouvais soutenir son regard, je détournai les yeux. Elle vit que je comprenais la gravité de sa situation, car elle ajouta :

— Vous avez été bon de venir, et votre présence me fait du bien.

— Je suis venu comme une vieille connaissance, lui dis-je.

— Ami nouveau, mais déjà ancien, ajouta-t-elle avec une grâce charmante que la situation rendait poignante.

Puis : — Vous n'oublierez pas ce fameux brouillard ?

— Ne parlons donc pas de ce vilain temps qui vous a mise au lit.

Elle reprit avec une certaine fermeté, comme pour ne pas affliger sa mère et sa sœur :

— Non, nous n'en parlerons plus ; mais avouez que j'avais raison, lorsque que je vous disais que ce serait mon roman de jeune fille !

Elle ajouta tout bas, de façon que moi seul je l'entendis :

— Le premier et le dernier !

Cette scène devenait trop douloureuse pour moi ; car Hélène était entrée soudainement dans ma vie... Je comprenais les regrets résignés de cette jeune et belle créature qui, quelques jours auparavant, pouvait faire les plus beaux rêves, et qu'allait enserrer dans ses bras la grande faucheuse.

Hélène était entrée dans ma vie par la capricieuse porte des mille et une surprises de la vie parisienne, elle s'y installait par la poésie de sa funeste destinée.

— Vous avez beaucoup parlé, lui dis-je, il serait temps de vous laisser reposer.

— Penser fait plus mal que parler, répondit-elle amèrement.

— Oui, mais alors ne pensez pas.

— Le moyen ? Est-ce que vous, vous n'avez pas pensé à moi pour... venir ?

— Allons, lui dis-je, soyez raisonnable... je reviendrai.

— Bientôt?

— Demain.

— Ah ! très-bien !

De nouveau elle me présenta la main.

— Au revoir !

Et, en franchissant le seuil de sa chambre, je n'eus pas la force de me retourner.

La mère et la sœur me demandèrent comment je la trouvais.

— La jeunesse peut surmonter le mal, répondis-je. A demain.

— Oh oui ! me dit la sœur, venez, vous lui avez causé tant de plaisir.

Le lendemain, il y avait un peu de mieux.

Hélas ! ce mieux n'était qu'un armistice dans ce duel entre la Vie et la Mort.

C'était le premier samedi de décembre, j'avais, comme de coutume, passé une heure à son chevet. Elle était plus abattue, mais moins mélancolique.

Lorsque j'allais partir, sa sœur qui était seule, en ce moment, s'éloigna du lit ; elle ne l'entendit pas.

— Vous rappelez-vous que lors de notre rencontre, je vous dis que mon cœur était comme un livre dont aucun des feuillets n'avait été tourné, qu'on pouvait y lire ?

« Qu'y lisez-vous?

— Que vous pardonnez à tous !

— Oui, dit-elle, je le verrai, mais pas en votre présence ; et promettez-moi de vous souvenir de moi !

Elle prit sous son oreiller une boucle de ses beaux cheveux noirs et me la donna.

Je les portai à mes lèvres, et la larme qui devait tomber sur eux tomba sur sa main.

— Ah ! soupira-t-elle d'une voix qui brisa le peu de forces que j'avais, mon roman de jeune fille eût dû finir autrement !

Je tombai à genoux au pied de son lit, sa petite main s'appuya sur ma tête, et, en me relevant, je la pressai sur mes lèvres avec ardeur. La pauvre sœur, comme oubliée, pleurait ; elle avait tout vu.

C'était la dernière fois que je devais voir Hélène.

Je reçus deux jours après un courrier qui me disait de venir en toute hâte.

J'accourus.

La maison était en larmes.

L'ange du foyer n'existait plus !

Je ne voulus pas la revoir.

Après avoir vu la mère et la sœur, je m'échappai plutôt que je ne sortis de cette maison si inconnue pour moi, et où il venait de se passer un drame si affreux en quelques jours, drame dans lequel j'avais joué un rôle si incroyable.

Elle vivait trop dans mon cœur pour que je pusse voir sa chère dépouille sans vie.

Avant de mourir, Hélène avait demandé elle-même son frère, la cause de sa mort, et la chère âme lui avait pardonné le mal involontaire qui la faisait descendre si jeune dans la tombe.

Je n'ai jamais revu ni le père ni le frère.

Bizarrerie étonnante de nos destinées, on l'enterra un jeudi. Il y avait un mois, jour pour jour, que je l'avais rencontrée. Comme au fatal jour, il faisait du brouillard ! Hélas ! le corbillard ne se trompa pas de chemin, et elle alla, sans s'égarer, droit à la tombe qui lui était destinée !

C'est ainsi que se termina ce qu'elle avait appelé en souriant son roman de jeune fille.

Chère Hélène, telle a été ton histoire, telle je l'ai écrite, sans avoir recours à la fiction. Les drames de la vie réelle ne sont-ils pas cent fois plus navrants que ceux qu'inventent les romanciers. Peut-être cette histoire sera-t-elle un enseignement pour quelques-uns ! Peut-être en lisant, ceux qui se hâtent de juger sur les apparences feront-ils un retour sur eux-mêmes. Ils songeront combien un mot peut produire de ravages irréparables, hélas ! Il en est, je le pense, qui, en suivant pas à pas les phases de ta lutte contre la mort, apprendront à ne point juger et à ne pas préjuger des intentions par un fait isolé.

Ne jugez point et vous ne serez pas jugé, a dit l'Écriture.

Sans cette infâme accusation, jetée sans fondement à travers les roses de sa vie de jeune fille, Hélène vivrait encore.

Peut-être aussi ses jours étaient-ils comptés !...

Toutefois, il vaut mieux être la victime que l'instrument.

UNE
CHAINE DE FLEURS

Si la chambre d'une femme mariée, — à
Paris, — est un poëme délicieux dont les épi-
sodes multiples ont pour représentants les
mille riens charmants qui la décorent, je ne
connais rien d'aussi rassérénant, d'aussi aima-
blement chaste que la chambre d'une jeune
fille en province.

Il y a la différence qui existe entre la Parisienne qui va au bal tout l'hiver, et dont le
corsage, qui la déshabille si bien, laisse voir
un tiers de l'épine dorsale et la bordure en
cygne blanc d'une ceinture régence, puis la
guimpe montante de la jeune provinciale qui
va au bal une fois l'an, et qui ne donne à connaître qu'un dixième d'épaule.

Ou bien, si vous le voulez, la différence qui existe entre ces deux poëmes si divers et si longs tous deux, est celle que l'amateur de tableaux établit entre une toile du Corrége et un panneau d'Albert Durer.

A peu près tous les Parisiens connaissent la première chambre. — Notez que je ne veux pas médire. — Beaucoup d'entre eux connaissent la seconde.

Comment la savent-ils cette chambre si charmante, si pudique ? Ceci est leur affaire. — Les vrais Parisiens ne sont-ils pas provinciaux de naissance ? — N'ont-ils pas des sœurs ? N'ont-ils pas les bonnes petites cousines ? — Enfin ! je ne veux rien insinuer ; n'ont-ils pas eu un premier amour !...

Et vous, monsieur, qui n'avez pas de sœur, comment connaissez-vous si bien la chambre de nos chers petits trésors que nous élevons avec tant de soin ? me demandera une maman fort respectable de... mettons Rouen.

Pardon, madame ! mais n'avez-vous pas une femme de chambre un peu complaisante ? Tout ce qui est jeune est facile. Ne pourrait-il pas arriver qu'une de ces soubrettes, si ingénues en comparaison de nos Dorines parisiennes, ne m'ait laissé contempler, endormie dans son

lit bien blanc, votre Laurence adorée ? Pourquoi lui en vouloir ! J'en ai gardé un si bon
souvenir !

D'ailleurs, vous n'avez rien à vous reprocher, vous étiez à la messe de six heures.

J'ai parlé de la chambre de la femme mariée
à Paris, car, là seulement, les quelques mètres
carrés qui abritent son sommeil, ses pensées,
ses rêves, ses désirs, etc..., sont des épopées.
Est-ce parce que les quatre murs en savent
bien long ? Je n'ose l'affirmer. La vraie raison,
selon moi, est qu'à Paris seulement, les maris
savent construire à l'élue de leur cœur ce nid
moelleux rempli d'un doux comfort, qui peut
faire dire sciemment que l'amour est une extase.

Pourquoi tant de Parisiennes trompent-elles
leurs maris ? Ceci est une question philoso-
phico-matérielle que nous ne résoudrons point
ici.

Dussent quelques maris de province s'en in-
digner, il n'y a que les maris de Paris qui savent aimer leurs femmes. Demandez à la duchesse et à la compagne du marchand de cho-
colat. Je le demanderais même à plusieurs jolies habitantes du Havre, elles ne diraient pas
non.

Si j'ai pour moi l'opinion du sexe faible, je suis singulièrement fort.

Le mari qui trompe sa femme à Paris, — et malheureusement j'en crois le nombre un peu gros, — aime mieux sa femme que le provincial qui n'a jamais égratigné son contrat.

Le premier trompe par circonstance, parce que les femmes, sans excepter la sienne, sont si aimables, si gentilles, parce qu'elles n'ont pas la férocité des habitantes de Bornéo, et pour une foule d'autres raisons.

Mais aussi il est si prévenant pour celle qui porte son nom, il est rempli d'attentions si exquises ; il rembourre si bien le nid où elle repose ; les murs eux-mêmes sont si bien calfeutrés de tapisseries ; la descente de lit en cygne, sur laquelle elle posera ses petits pieds, est si douce et si joliment frangée de bleu, etc.

Le second ne trompe pas sa femme parce qu'il n'en trouve pas l'occasion, parce qu'il ne veut pas se compromettre, parce que monsieur craint pour sa réputation.

Mais, quant au nid de sa colombe ! — Il est bien durement capitonné. On dirait un parloir. Les amis entrent dans ce sanctuaire ; on dépose les chapeaux sur l'édredon recouvert d'une enveloppe au crochet; des bottes sales foulent la descente de lit.

Si encore Emma avait des mules! Si elle se lève la nuit, je suis convaincu qu'il lui arrive de mettre ses pieds dans les larges pantoufles de son mari. Le mari fume dans la chambre de sa femme !

Revenons à la pudique chambre de jeune fille que la province a inventée et que Paris, — cité, — ne connaîtra jamais.

Sur une des collines qui bordent la route de Dieppe à Arques, une des plus charmantes qu'on puisse rêver, s'élève un petit *cottage* en briques rouges. Un jardin accidenté fait face à la vallée.

Sur les six heures du matin, dans le mois de mai de l'année 1860, M. et Mme Vaudricourt, déjà levés et guillerets, se promenaient dans le susdit jardin. M. Vaudricourt approchait de la soixantaine ; sa figure était encore jeune et son œil extraordinairement vif ; sa femme, un peu plus jeune, avait ce qu'on appelle de beaux restes. — Elle le savait.

Le matin de ce jour-là, Mme Vaudricourt paraissait singulièrement heureuse ; elle riait et redoublait d'attentions pour son mari, qui avait l'air moins gai, bien qu'il sourît de temps à autre d'un sourire bénévole.

— Voici bientôt sept heures, dit enfin Mme Vaudricourt, et Noémi va s'éveiller ; je vais monter à sa chambre : il vaut mieux que ce soit moi qui lui parle la première !

— Réfléchis bien, répondit le mari ; mais ne la contrarie point. Si elle ne veut point, je n'entends pas qu'on insiste.

— Sois tranquille.

Mme Eugénie Vaudricourt retrouva ses jambes de quinze ans et courut plutôt qu'elle ne marcha vers la maison.

M. Vaudricourt continua à se promener. Il s'arrêta à son plant de rosiers qu'il parut examiner avec soin ; mais il pensait à tout autre chose.

La chambre de Noémi était séparée de celle de sa mère par un petit salon. Celle-ci, en qualité de mère, entra sans frapper.

La jeune fille dormait. Sa tête sur son bras nu, un bras charmant, bien moulé, comme le Guide sait en donner à ses Madeleines. Ses paupières étaient ombragées de longs cils noirs.

La bouche un peu entr'ouverte laissait passer un léger souffle, pur, embaumé, comme

les jeunes filles chastes et les enfants innocents seul en ont. Sa gorge, encore naissante
et blanche comme du lait, était un peu découverte.

Qu'est-ce que cela pouvait faire ? La mère et
le père, et quelquefois la petite sœur âgée de
huit ans, n'étaient-ils pas les seuls qui pus-
sent entrer chez elle ?

Certes, la jeune fille ne savait pas qu'elle
dormait si gracieusement. La coquetterie ne
s'était pas encore éveillée dans ce cœur si pur
et rempli de si chastes affections. Elle adorait
son père, sa mère, sa sœur, ses fleurs et ses
oiseaux.

A coup sûr, Eugénie Vaudricourt ne contempla pas le sommeil si plein de rêves de sa
fille. Et si jamais elle l'avait couvée du regard,
ce ne fut point ce matin-là. Mme Vaudricourt
était trop agitée !

J'ai toujours pensé que c'était de la vierge
elle-même que se dégageait l'atmosphère si
délicieuse qui remplit sa chambre. L'atmosphère reste quand la jeune fille est partie ;
mais elle change dès que la cause première
n'existe plus, c'est-à-dire quand l'enfant est
femme.

Les hommes seuls comprendront bien les
rêveries immenses dans lesquelles jette l'as-

6

pect d'une pareille chambre. L'organisation
des femmes s'oppose à ce qu'elles perçoivent
les nuances infinies de cet idéal. La mère voit
bien quelque chose de suave sur ce lit tout
blanc, sur ces riens qui ornent une mince éta-
gère ; mais elle ne voit pas ce que l'homme y
voit et toujours y verra.

Cela tient, je crois, à notre nature supérieure
pour l'intuition et inférieure peut-être à cause
de son trop de savoir.

Le sommeil d'une jeune fille qui se lève
chaque jour à la même heure devient bien ténu
aux quelques minutes qui précèdent ce moment : ajoutez-y un léger bruit, il devient nul.

La mère n'avait pas mesuré ses pas, en sorte
que lorsqu'elle se trouva au bord du lit de sa
fille, celle-ci avait ouvert ses grands yeux qui
paraissaient baignés de rosée.

— Bonjour, petite mère ! Il est donc bien
tard ?

La jeune fille se souleva sur son séant, et
son œil à demi voilé chercha à déchiffrer
l'heure sur sa petite pendule, dont le sujet en
étain galvanisé figurait une petite fille à genoux devant une croix.

— Petite mère, tu m'as fait peur, il n'est
que sept heures.

Ses bras blancs, bien potelés, formèrent un anneau autour du cou de sa mère.

— As-tu bien dormi, ma chérie?

— Comme toujours, bonne mère. J'ai fait des rêves à n'en plus finir.

— Qu'as-tu donc rêvé? demanda M\ :sup:`me` Eugénie Vaudricourt, qui cherchait par devers elle son exorde.

— J'ai rêvé qu'un oiseau des plus beaux était venu s'abattre sur ma cage. Je suis longtemps demeurée cachée derrière le rideau, épiant son manége et cherchant le moyen de l'attraper. Tout à coup un des fils de fer de la cage s'est écarté et a donné passage à ma fauvette : alors je me suis montrée ; mais mon oiseau a suivi l'étranger; ils se sont bientôt perdus dans l'air et je n'ai plus rien revu. Ah! si tu savais comme j'ai pleuré ! Henrique, ma petite sœur, a cherché à me consoler, mais rien n'y a fait. J'étais triste, mais triste ! Heureusement ce n'était qu'un rêve, que tu es venue terminer. Et ce bon père, dont je n'ai pas demandé de nouvelles, comment va-t-il?

— Il ne s'est jamais mieux porté ; il t'attend au jardin.

Sans en attendre davantage, la jeune fille sortit ses jambes du lit pour se lever.

— Reste encore un peu, lui dit sa mère en s'asseyant ; j'ai à te parler.

Noémi ouvrit de grands yeux, nicha de nouveau son petit corps dans les draps, et sa bouche mignonne feignant un grand air, elle dit :

— Ma chère maman ! Mlle Noémi Vaudricourt, votre fille, vous écoute.

La maman plongea son bras dans le lit, en tira ce joli petit bras que nous avons vu, puis, prenant la main rondelette qui le terminait, elle toussa.

— Noémi, tu as dix-huit ans passés.

— Oui, mère chérie ! Ne suis-je pas grande assez ?

— Si fait ! c'est même parce que tu es grande que je veux t'apprendre une nouvelle.

— Laquelle ? Nous sommes immensément riches ? nous devenons marquis ? est-ce cela ?

— Tu en approches ; mais écoute-moi.

Eugénie Vaudricourt devenait embarrassée.

— Tu es une grande fille.

— Certainement, puisque c'est pour cela que tu veux me confier un secret.

— Eh bien ! reprit la mère en s'enhardissant, n'as-tu pas envie de te marier ?

— Me marier ! exclama la jeune fille en riant

aux éclats et s'asseyant sur son lit : à vrai dire, je n'y ai jamais pensé.

— Ma chère enfant, nous y avons songé pour toi : on m'a même demandé ta main.

— Ma main ?

Elle dégagea celle que retenait sa mère.

— On la trouve donc gentille, continua-t-elle en badinant. Au fait ! je gante 6 1/4.

— Tu n'es pas sérieuse ! — Il s'agit d'un bel et bon mariage. — Tu vas devenir vicomtesse.

— Mais, petite mère, c'est un rêve comme celui que je te racontais tout à l'heure !

— Mademoiselle, dit Mme Vaudricourt en serrant avec délire sa fille dans ses bras, ce rêve peut se réaliser... si vous dites oui.

Beaucoup de mères ne comprendront pas la joie excessive qui débordait dans le cœur d'Eugénie à la seule idée de marier sa fille.

Cependant elle aimait son enfant. Mais l'offre qu'on lui faisait lui paraissait si belle. Puis un jour ou l'autre sa fille devait se marier. — Les lois de la nature et de l'Évangile sont là. — Vous quitterez votre père et votre mère pour suivre celui qui vous a choisie. — Mme Vaudricourt s'était donc fait ces réflexions ; l'occasion était belle, un parti superbe et une couronne attendaient son enfant. — Pourquoi eût-elle reculé ?

Remarquez aussi que jamais une mère n'éprouve tant de douleur à marier sa fille qu'un père.

Voilà qui est encore un phénomène que nous n'expliquerons pas.

Une mère qui n'a qu'un fils ne le mariera qu'à son corps défendant. — Encore est-il que jamais elle n'aimera la jeune femme qui lui aura ravi l'amour de ce fils aimé. Les pères, au contraire, ne se résolvent jamais à marier leur fille aimée. Cela se conçoit.— Ils connaissent la vie mieux que par ouï-dire. Ils aiment leur fille, non-seulement parce que c'est leur enfant, mais encore parce que la jeune fille préfère presque toujours son père à sa mère. — Les mères, au contraire, dès qu'elles possèdent un mari, n'aspirent à rien tant qu'à avoir un gendre.

Fréquemment aussi, il arrive que dans la suite, le gendre a dans leur cœur le pas sur la propre fille.

A la dernière parole de sa mère, Noémi prêta sérieusement l'oreille. Mais l'aimable enfant, qui était d'une ignorance sociale plus qu'exigi-

ble en pareille circonstance, répondit par un
de ces mots d'enfants de douze ans.

— Je vais donc avoir un monsieur qui s'appellera mon mari. — Ça va me sembler bien
drôle les premières fois. Comment s'appellera
le mari de Mlle Vaudricourt ?

— Le vicomte Gaëtan de Maucombe.

— Joli nom ! est-il jeune ?

La maman tourna trois fois sa langue.

— Il est moins jeune que toi. Un mari doit
être plus âgé que sa femme. Au reste, tu le
verras aujourd'hui. Il a demandé l'honneur de
t'être présenté.

— Je vais me faire très-belle.

— Tu feras un bout de toilette ; mais rien
d'extraordinaire. Il t'a trouvée jolie, tu n'as
pas besoin d'accroître tes charmes, coquette !

La naïve jeune fille ne rougit pas, tant son
innocence était profonde.

— Où donc M. le vicomte m'a-t-il vue ?

— Au Casino de Dieppe, à la dernière saison. Mais lève-toi, je vais au jardin avec ton
père, viens nous y rejoindre.

Mme Vaudricourt, ne se sentant plus de
joie, franchit le seuil de l'appartement de sa
fille avec la légèreté d'une levrette. — Elle ne
fit pas attention à la petite Henrique qui, le

bonnet de mousseline sur l'oreille, et se frottant les yeux avec un pan de sa chemise, descendait l'escalier en appelant sa bonne pour l'habiller.

Son mari l'attendait toujours au jardin. — Lui qui était si habile à tailler ses arbres, avait, depuis qu'elle l'avait quitté, fait des incisions au même rosier qui n'en pouvait mais.

Vaudricourt était anxieux.

Sa femme lui prit le bras et l'emmena discrètement sous une tonnelle de clématite.

— Qu'a dit ma Noémi?

— Elle est enthousiasmée!

— Pauvre enfant !

— Comment, pauvre enfant! Tu n'es jamais content. La partie la plus intéressée est ravie, et tu as l'air de te lamenter.

— C'est parce que c'est la partie la plus intéressée que je suis soucieux. Noémi est une des plus innocentes jeunes filles que j'aie vues. — On lui parle d'un mariage; elle dit oui. — Sait-elle ce que ce oui veut dire? Ce n'est pas qu'elle soit frivole! mais elle croit tout simplement que le mariage est le changement d'un nom.

Si elle allait être malheureuse !

— Mon bon ami, tu divagues !

— Mais, ma bonne, le mariage est une chaîne !

— Ce sera pour elle *une chaîne de fleurs !*

— Que Dieu t'entende !

Eugénie reprit avec impétuosité :

— Le vicomte est de beaucoup plus âgé que la petite ; mais c'est un homme du monde, il est riche, il a un titre, et s'il n'aimait pas notre fille, il ne l'aurait pas fait demander si instamment.

Noémi s'était habillée à la hâte, elle avait passé un peignoir bleu et blanc en mousseline ; on entendit le sable des allées qui craquait sous ses pieds.

Eugénie rayonna.

— Madame la vicomtesse de Maucombe ! dit la jeune fille d'une voix comiquement grave.

Puis elle sauta au cou de son père.

Son père la serra avec frénésie contre son cœur.

— Petit père, tu es triste ? Y aurait-il un de tes rosiers d'abîmé ?

— Tu as raison, reprit Vaudricourt en se levant, j'en ai mutilé un ce matin.

— Voyez donc le maladroit! ajouta-t-elle d'une voix adorablement mutine.

Ils arrivèrent près du rosier qui était littéralement massacré.

— Mais il mourra !

— Que veux-tu ? j'en écussonnerai un autre.

Noémi poussa un cri.

— Mais c'est mon rosier! celui que tu avais baptisé de mon nom ! O petit père !

Et elle pleura.

Vaudricourt n'avait pas songé que c'était le *Rosier Noémi* qu'il avait ainsi maltraité.

Son front se contracta à cette remarque. — Il embrassa sa fille avec plus d'affection que jamais.

Il y a certains pressentiments dans la vie !

— Console-toi, petite, je vais acheter une trentaine d'églantiers et tous seront écussonnés avec ta rose. — Je ne veux plus que des Noémi dans mon jardin.

La petite Henrique accourut au-devant de ses parents et coupa court à la conversation.

Le chagrin de la grande fille se dissipa aux paroles de son père, comme un léger brouillard s'évapore sous les premiers baisers du soleil.

Ce chagrin qui venait de mouiller ses yeux était le plus grand qu'elle eût éprouvé dans sa vie de jeune fille.

Le repas était servi, on déjeuna fort tranquillement. Noémi ne pensait déjà plus qu'elle allait être vicomtesse. Eugénie Vaudricourt était d'une *affabilité* inouïe avec la servante; son mari faisait des tartines à la petite Henrique, et, dans ses distractions, il les passait à sa fille aînée.

Après le déjeuner, Eugénie dit à son mari :

— Ne fais donc pas une si triste mine au milieu de la gaieté générale. Quand je le dis, que ce sera une chaîne de fleurs.

Il ne fut plus question de mariage jusqu'à deux heures.

Noémi joua avec sa petite sœur sans davantage songer à sa vicomté.

Mme Vaudricourt, qui avait dit à sa fille de n'être pas coquette, procéda elle-même à sa toilette. Sans doute elle y mit plus de raffinements que la jeune fille n'en eût apporté d'elle-même, car, quand elle serra le corset, l'enfant se prit à rire en lui disant :

— Mais, maman, tu me serres trop. — Est-ce que par hasard mon mari voudrait que sa femme eût une taille de guêpe ? — s'il en est ainsi, que M. le vicomte s'adresse ailleurs.

Elle revêtit une robe de soie grise, qui dessinait admirablement son corsage. Un petit col en jaconas montant et une cravate gris-cendre complétèrent sa toilette. Ses cheveux noirs tombaient dans un filet.

Les bijoux de la jeune fille étaient ses yeux et ses dents. Ses joues, fraîches comme une rose de Bengale, annonçaient cette santé si enviée par les pauvres étiolées de Paris. Elle possédait ce teint riche qui, par la suite, à cause des bals, des fatigues et du plaisir même, devient blanc mat avec des reflets nacrés.

Vers les trois heures, la famille Vaudricourt, moins l'enfant à marier, se trouvait au salon, lorsqu'on annonça M. le vicomte de Maucombe.

Eugénie s'arma de son plus gracieux sourire et courut presque au-devant de l'étranger. Quant à son mari, il fit un haussement d'épaules presque imperceptible, salua, mais froidement.

Le prétendant était mis avec élégance, Son air aisé, franc, sentait son gentilhomme du meilleur monde. On ne pouvait pas, en le voyant, ne pas être prévenu en sa faveur.

Mme Vaudricourt avait été *empoignée :* rien d'étonnant à cela. M. Vaudricourt trouva le vicomte charmant et il avait raison. Il était écrit sur la physionomie de Maucombe qu'il ne pouvait rendre une femme malheureuse. Cependant, si Vaudricourt reconnaissait à première vue de belles qualités à M. de Maucombe, il ne l'acceptait pas, à part lui, de très-bon cœur pour son gendre.

Le motif était bien simple. Sa fille avait dix-huit ans, le vicomte en avait quarante-huit, était veuf et il avait adopté un jeune homme de vingt ans. — Cette disproportion d'âge effrayait avec raison le père, qui connaissait aussi bien que personne la vie. On avait pris des renseignements sur la famille : ils étaient on ne peut meilleurs. Le vicomte s'était marié de bonne heure, et sa femme, qu'il avait rendue parfaitement heureuse, portait elle-même un beau nom. M. de Maucombe avait eu une jeunesse précoce; c'était une raison de plus pour que la vieillesse fût calme. Son extérieur n'annonçait certes pas son âge : quelques filets blancs marbraient ses cheveux, sa moustache seule était complétement grise. Mme Vaudricourt, qui avait été jeune, jolie, se connaissait en hommes et le voyait sans doute tel qu'il

7

avait été autrefois ; elle le regardait peut-être aussi comme s'il se fût agi d'elle. Cela étant, son enthousiasme n'avait rien de ridicule. Pour le papa Vaudricourt, le vicomte, homme du monde, riche, aimable, etc., avait toujours ses trente ans de plus que sa fille.

Il abordait franchement cette question avec M. de Maucombe lorsque la jeune fille parut.

Si Noémi rougit en allant s'asseoir auprès de sa mère, sa rougeur fut imperceptible et naturelle. Élevée dans cette ignorance charmante de tout, si rare aujourd'hui chez les *young ladies*, pourquoi eût-elle paru contrainte et armée d'une réserve de commande ? Pourquoi la jeune fille rougirait-elle parce qu'on lui dit qu'elle va se marier ? Évidemment, celle qui fait le plus de façons extérieures n'est pas la plus innocente. — La civilisation a de ces pudeurs à elle qu'on pourrait appeler du cynisme.

Jamais Noémi n'avait songé si elle opterait entre la vie cénobitique ou le mariage.

Elle répondit avec une ingénuité charmante à toutes les phrases banales que lui adressa le vicomte.

Celui-ci fut enchanté de son entrevue. — La jeune fille dit à sa mère au sortir du salon :

— Il me plaît beaucoup.

— Je le savais bien, reprit Mme Vaudricourt ; j'ai, ce matin, dit à monsieur ton père, qui parlait du mariage. comme d'une chaîne : que ce serait *une chaîne de fleurs*.

La pauvre enfant, qui ne savait rien de la vie, qui adorait son père et aimait sa mère, eût volontiers répondu : Qu'il soit fait selon votre désir !

Quelques mots sur le vicomte de Maucombe. Comment était-il devenu amoureux de Mlle Vaudricourt ?

Le Casino de Dieppe est un des rendez-vous de la société parisienne pendant l'été. On va à Dieppe comme on allait à Hombourg, à Bade. Comme dans ces dernières villes, la société est interlope. La duchesse coudoie la lorette, qui semble l'écraser d'un regard de hauteur en promenant sur la plage sa luxueuse toilette. Le soir, la société de la ville et des environs se donne rendez-vous *aux bains*. Là sont organisés des bals dans lesquels il arrive que la fille d'un bourgeois danse avec un prince.

A combien de rêves charmants, irréalisables, souvent, ont donné lieu d'inoffensives contredanses !

C'est à ce Casino d'illusions et de désillusions que de Maucombe avait rencontré la famille Vaudricourt.

Assis à côté de Mme S..., une des femmes en renom de la ville, il suivait des yeux danseurs et danseuses lorsqu'il remarqua Noémi.

Dans une petite ville, la parenté n'est pas difficile à établir. On ne court pas le risque de fréquenter sciemment une dame de Beau-Séjour, qui est tout simplement une lorette patentée. L'homme loyal n'est pas en danger de recevoir chez lui un chevalier d'industrie à sa table. Les mauvaises langues y pourvoient. Mme D... est certainement la femme légitime de M. D..., vous n'avez nul besoin de vous enquérir de son acte de mariage.

La province n'est pas artiste ; mais elle a du bon.

Le vicomte, qui était appuyé sur le fauteuil de Mme S..., savait avant onze heures, heure à laquelle on rentre chez soi dans les villes de bains, ce qu'était la famille Vaudricourt.

Etonnée des questions du gentilhomme parisien, Mme S... lui demanda si, par hasard, il serait sérieusement amoureux.

— Cela pourrait bien arriver, répondit-il.

— Je crois, répartit la brune de Dieppe, la

providence des jeunes filles à marier, que c'est déjà fait.

Le vicomte ne répondit pas ; mais il invita Mlle Vaudricourt pour le dernier quadrille.

Lorsqu'il reconduisit Mme S... dans la rue..., il ne parla guère. — Peut-être réfléchissait-il à la bizarrerie des mariages.

Quelques jours plus tard, il avouait à la providence des jeunes filles que, n'était son âge, il demanderait la main de sa danseuse du Casino.

Mme S... sourit.

— J'en étais sûre, pensa-t-elle ; un numéro de plus à ajouter à ma collection.

La saison des bains finit, mais *la providence* ne tarda pas à se présenter au *cottage*.

Le vicomte fut dépeint sous les couleurs les plus séduisantes. Un blason, une fortune plus qu'ordinaire, un Parisien pour sa fille, rendirent Mme Vaudricourt folle de plaisir. Quand Mme S... avoua qu'elle faisait cette demande sans l'assentiment du vicomte, qui redoutait son âge, elle lui sauta au cou. Elle ne pouvait pas s'attendre à une semblable délicatesse unie à tant de qualités !

Le vicomte était sérieusement épris.

L'ingénuité non jouée de la jolie jeune fille avait séduit le gentilhomme parisien.

Toutefois, s'il hésitait à faire cette demande, c'est que M. Gaëtan de Maucombe se trouvait être un honnête homme, non pas comme le monde l'entend ; son honnêteté était réelle. S'il craignait la disproportion d'âge, ce n'était pas tant pour lui que pour la jeune fille.

Mme S... lui écrivit l'impression de la demande qu'elle avait faite.

Gaëtan fut surpris d'avoir trouvé une femme si officieuse ; toutefois il répondit : Attendez.

Ce ne fut donc que six mois après, lorsqu'il pensait plus que jamais à Noémi, qu'il lui écrivit pour savoir s'il pouvait se présenter.

On ne saurait blâmer le vicomte ; il était amoureux fou, et l'amour ne raisonne pas.

Au surplus, la chaîne qu'il offrait à la jeune fille n'était-elle pas une *chaîne de fleurs ?* Mme Vaudricourt l'avait déclaré ; et une mère est clairvoyante, dit M. Prudhomme.

Quant à nous qui, en qualité de romancier, connaissons intimement Gaëtan, nous affirmons que lorsqu'il écrivit à Mme S... de faire une demande officielle, il s'était juré de faire bien des sacrifices pour que sa chère Noémi ne vînt jamais à penser qu'il y avait trente ans de différence entre elle et son mari. Puis il serait secondé par son frère, Oscar de Maucombe, auquel il s'était dévoué toute sa vie, soit en payant ses dettes, soit en le tirant des pas fâcheux où sa légèreté l'avait mis. — Il comptait également sur le respect et le dévouement de son fils adoptif, Maurice, jeune homme de vingt ans, affamé de plaisirs, il est vrai, mais joli cavalier, intrépide conducteur de cotillon, élégant chaperon de toutes les femmes qui désirent traverser un salon pour aller minauder ou médire avec leurs amies.

Deux jours après sa première visite, Gaëtan de Maucombe était agréé.

Noémi l'avait trouvé charmant et ne s'était pas aperçue qu'il avait la moustache grise, malgré les observations paternelles, qui n'avaient pas fait défaut.

Elle était si jeune, et le mariage pour elle se trouvait être chose si simple !

Le père hochait la tête, et embrassait sa fille plus encore que par le passé.

La maman répétait à ses connaissances de Dieppe et d'Arques : « Je marie ma fille ! un parti inespéré. »

Dès que Gaëtan se présenta comme prétendant admis, Vaudricourt ne lui tint plus ri-

gueur ; il le trouva même jeune. Au fait, si
l'état civil n'existait pas, le vicomte, veuf, eût
pu passer pour jeune encore. Les femmes de
trente-cinq ans auraient pu dire de lui : voici
un jeune vieillard charmant.

La petite Henrique, sœur de Noémi, éprouvait un plaisir enfantin à l'appeler vicomte
Gaëtan.

Après quelques jours d'intimité pendant lesquels on put apprécier le commerce aimable
de l'homme du monde, Mme Vaudricourt, accompagnée de sa fille, partit pour Paris avec
le vicomte.

Il fallait faire les emplettes de rigueur et
choisir un appartement pour le nouveau mé-
nage.

Mme Vaudricourt était descendue à l'hôtel
de la Paix. Contrairement à toutes les jeunes
filles qui voient Paris pour la première fois,
Noémi se sentit le cœur serré. Tout lui semblait beau, mais triste. Elle se trouva isolée au
sein de tout ce monde. Alors, pour la première
fois, elle pensa qu'elle allait se marier. — La
jeune fille entrevit qu'un abîme immense était
sur le point d'être franchi.

Cependant M. de Maucombe ne négligea
rien pour la distraire ; promenades, spectacles,

rien ne manqua. Quant à la maman Vaudricourt, elle était dans l'extase. Au fond, il y
avait de quoi ! le gendre était fort riche, galant homme et aimait déjà passionnément sa
future femme, aussi faisait-il de Paris, ce rêve
des fous et des femmes en particulier, un rêve
réalisé.

L'achat de la corbeille rendit un peu de
gaieté à la jeune fille. — Elle manifesta la curiosité et l'étonnement de la fillette à laquelle
on fait cadeau d'une poupée avec son trousseau.

La jeune provinciale, accoutumée à tant de
simplicité, se voyait tout à coup *obligée* de dé-
plier un cachemire de l'Inde de cinq mille
francs, des dentelles en point d'Angleterre;
d'Alençon et de Venise. Elle arrivait à être
contrainte d'échanger les petites boucles de co-
rail qui ornaient ses oreilles contre deux soli-
taires de la plus belle eau, qui, à leur tour
aussi, céderaient parfois la place à deux pendants en émeraude enrichis de perles fines.
Cette dernière pièce avait été vue chez Janis-
set. La montre de jeune fille qui lui avait tant
de fois annoncé la fin de classe au couvent,
serait remplacée par une petite montre émail-
lée bleu sur laquelle brillerait son chiffre surmonté d'une couronne de vicomte en brillants.

Quant à son bras, il allait se trouver en-
chaîné pour la première fois. Un bracelet d'or
mat, garni de quatre grosses opales, continuait
la série des bijoux. Les bagues étaient nom-
breuses ; il y en avait une pour aller avec les
pendants d'oreilles en émeraude ; l'autre devait accompagner les brillants, etc.

Mme de Vaudricourt ne fut pas oubliés. On se
souvint aussi qu'on avait laissé à Dieppe une
petite fille et un vieillard.

L'engouement de la corbeille dura peu pour
Noémi ; il lui tardait de revoir son père. Aussi
eut-elle le cœur un peu gros lorsque l'on arrêta un appartement au faubourg Saint-Germain, rue de *Madame*. La jeune fille n'osait pas
le demander ; mais elle eût bien voulu continuer à vivre avec les siens.

Mme Vaudricourt et sa fille repartirent avant
le vicomte, qui voulait surveiller l'installation
de sa maison.

Le cœur qui n'avait subi aucune influence
ne tarda pas à s'ouvrir aux regards passionnés
de Gaëtan. Noémi aima pour la première fois
de sa vie ; aussi aima-t-elle de toutes ses forces.
Heureux Gaëtan, qui avait le premier amour
de sa femme ! Avouons qu'il le méritait.

De retour à Dieppe, Mme Vaudricourt courut chez ses intimes :

« Ma chère ! chère madame, etc.

« J'ai eu bien du mal à persuader à mon mari que le mariage serait pour sa fille *une chaîne de fleurs !* enfin ! il le croit.

« J'ajouterai que, par une gracieuseté tout à fait imprévue, le vicomte Gaëtan de Maucombe l'a enrichie de diamants, venez donc voir la corbeille de ma fille ! »

Deux nouveaux personnages entrent en scène. Nous croyons inutile de présenter la douairière, Mme la vicomtesse de Maucombe, qui vint assister au mariage de son fils.

Quelques jours avant le 20 juin, époque fixée pour l'union définitive et sans remise, le vicomte Gaëtan arriva à la maison de sa fiancée, flanqué de deux nouvelles figures.

Noémi, sans observer le décorum qu'exige la civilisation, alla au-devant de son fiancé. L'absence lui avait appris qu'elle l'aimait déjà sérieusement. Il y avait douze jours qu'elle avait quitté Paris.

Gaëtan s'approcha de sa belle-mère.

— Monsieur Oscar de Maucombe, mon frère.

Il se tourna ensuite vers sa fiancée :

— Monsieur Maurice, mon fils adoptif.

Maurice ne trouva peut-être pas de son goût la présentation de son protecteur; mais il sourit, salua avec aisance et regarda la jeune fille.

Peut-être pensait-il qu'elle était jolie et qu'elle ferait bien sa femme. — Il n'avait que deux ans de plus. Malheureusement pour lui, Gaëtan était venu le premier.

Oscar fit peut-être la même réflexion, il n'avait que vingt-sept ans. Comme la douairière le disait, c'était un *ravisé*.

L'aimable jeune fille se laissa embrasser par son beau-frère. Maurice et lui occupèrent immédiatement dans son cœur une place à côté d'Henrique. Sa famille s'était tout simplement accrue de deux frères.

De leur côté, Maurice et Oscar la choyaient comme on choie une sœur bien-aimée.

A quoi bon faire le portrait de ces deux nouveaux venus?

Un homme, quel qu'il soit, est toujours accepté.

Le petit cottage de la route d'Arques offrait en réalité un bien charmant tableau. Tous s'aimaient, et l'amour, à des degrés différents, convergeait vers un point unique : Noémi.

Le père Vaudricourt, qui adorait son enfant,

ne se lassait de la couver des yeux. Et ces
mêmes yeux, encore si pétillants de jeunesse,
se mouillèrent une ou deux fois en voyant la
vivacité de l'amour de Gaëtan, se doublant,
pour ainsi dire, de la sollicitude quasi mater-
nelle d'Oscar. Maurice inventait ce qu'il pouvait pour plaire à la future vicomtesse.

— Ne te l'avais-je pas dit, répétait quelquefois Eugénie Vaudricourt à son mari, elle sera
la plus heureuse des femmes. — Si notre chère
Henrique avait le temps de grandir ! — Il n'est
pas mal. M, Maurice! Nos deux filles si heureuses ! y penses-tu ? Vois-tu le beau-frère et
le fils adoptif adorant notre enfant !

As-tu remarqué hier au soir l'œil superbe
d'Oscar, quand il a pris le bras de Noémi pour
faire un tour de jardin?

On eût dit que Maurice était jaloux ! mais il
sait si bien son monde ! il m'a de suite offert
son bras.

Si jamais il arrivait quelque chose au vicomte, la pauvre enfant aura toujours de fameux soutiens !

Comme on le voit, Mme Vaudricourt ne ta-
rissait pas d'éloges sur la nouvelle famille de
sa fille et montrait à tout propos un certain
esprit pratique.

Que de belles-mères ne sont pas de cet avis-là !

Le mari d'Eugénie répondait :

— J'avais tort. Le vicomte Gaëtan est un loyal gentilhomme, s'il a eu sa jeunesse, ça ne nous regarde pas, il aimera notre enfant. Il ne lui manque rien !... Si, il a trente ans de trop !

Deux jours avant le mariage, on remarqua au déjeuner que le vicomte était plus que sérieux ; il était sombre.

Noémi fut la première à s'en apercevoir. Une femme aimante voit si clair lorsqu'il s'agit de l'objet aimé ! Oscar ne perdait pas de vue son frère. Redoutant d'être indiscrète, la jeune fille, qui avait observé la ténacité avec laquelle son futur beau-frère regardait Gaëtan, se dit : Mon frère me dira cela tantôt.

Après le repas, elle prit elle-même le bras d'Oscar :

— Que peut avoir M. Gaëtan, ce matin ?

— Mais, rien !... mais rien, je suppose

— Si fait ! on ne me trompe pas. D'ailleurs, vous le savez : vous l'avez constamment regardé pendant le repas.

— Ma chère Noémi, vous vous alarmez à tort, Gaëtan vous adore et voilà tout.

— Serait-ce mon affection qui le rendrait triste ?

— Mademoiselle, vous êtes une bien aimable petite folle !

— Mais, enfin ! pourquoi le regardiez-vous tant ?

— Mais parce que je l'aime ! parce que j'aime à le voir, et je vous dirai que, moi aussi, je l'ai trouvé préoccupé.

— Ainsi donc, vous voyez que je n'avais pas tort. — Vous êtes trop discret, monsieur mon frère aîné, je vais tâcher d'obtenir la vérité de mon frère cadet.

Et la joyeuse enfant courut prendre le bras de Maurice.

Elle lui posa les mêmes questions.

Pendant que, le cœur ainsi alarmé, la jeune fille faisait le petit inquisiteur, Gaëtan s'entretenait dans un coin du jardin avec son beau-père, dont il estimait la loyauté et dont il appréciait le bon sens.

Après avoir échangé quelques paroles, le vicomte présenta à Vaudricourt un billet qui lui avait été remis la veille au soir en rentrant à son hôtel.

Le papier froissé ne contenait que ces mots :

« Il en est encore temps, renoncez à ce ma-
« riage. Si vous aimez Noémi, laissez-la à un
« homme qui l'adore, sinon le malheur de la
« jeune fille commencera avec le jour où vous
« l'aurez épousée. »

« Celui qui aime ne recule devant rien! »

Le pauvre papa Vaudricourt fut complètement déconcerté.

— Jamais on ne m'a demandé ma fille en
mariage, et Noémi est trop innocente ! C'est
odieux ! En avez-vous parlé à votre frère ?

— Non. J'ai eu peur d'alarmer son amitié
pour moi et pour ma fiancée.

— Montrez-lui ce billet.

— Venez, vous n'êtes pas de trop.

Oscar, qui les avait suivis du regard, arrivait
à eux.

— Tu viens à propos : lis.

Oscar partit d'un éclat de rire métallique
qui fit frissonner Vaudricourt.

— Ah çà, mon pauvre Gaëtan, c'est donc
cela qui te rendait si maussade ce matin? Tu
n'as vraiment pas le sens commun.

— Que ferais-tu ?

Oscar déchira le billet.

— Oscar, tu as raison ; pas un mot à Noémi,

que cette affaire demeure entre nous trois. Au
surplus, qu'ai-je à craindre : le malheur de
Noémi ! mais comment, c'est impossible. —
Je réalise un rêve, — qui m'empêcherait de ne
pas continuer ce rêve, puisqu'il va devenir
palpable...

J'ai de la fortune ! Qu'est-ce qui peut lui
manquer ? N'êtes-vous pas là, toi et Maurice,
pour la combler d'attentions et l'entourer de
soins !

— Certes, oui ! je suis là ! répondit le frère.

Lorsque Gaëtan fut seul avec son frère,
celui-ci lui dit, comme en manière de parenthèse dans la conversation :

— Je t'ai conseillé tantôt, devant le bon-
homme Vaudricourt, de faire fi du billet ; mais
depuis j'y ai réfléchi ; et si réellement quelqu'un l'aimait avant toi !

— Le père m'a formellement assuré que
personne ne s'est présenté ici.

— On peut adorer en silence jusqu'au moment où les circonstances défavorables vous
forcent à agir.

— Quel revirement d'idées depuis cinq minutes !

— Je pense toujours comme tout à l'heure,
seulement mon amitié pour toi, mon bon Gaë-

tan, me rend ombrageux lorsqu'il s'agit de
ton bonheur; je préférerais te voir renoncer à
ce mariage, que de savoir qu'il pourra te causer
malheur.

— Renoncer à elle! interrogea Gaëtan avec
chaleur, jamais! Mon cœur n'a point encore
été envahi par un amour semblable. Je l'épou-
serai et elle sera heureuse. Je me suis pendant
quinze ans dévoué à ton bonheur, mon cher
Oscar; je dirai mieux, je t'ai aimé peut-être
plus qu'on aime un frère, je t'ai suivi partout;
je t'ai arraché à tes passions, au jeu et aux
femmes, afin que tu ne laissasses ni ta santé,
ni ta réputation. Tes dettes, je les ai payées
toujours avec joie, car l'argent n'est rien. Je
puis le dire, et tu ne me désavoueras pas, je
t'ai servi de père. Un jour même, tu ne l'as
pas su, je me suis battu pour toi.

Oscar tressaillit.

— Mon Gaëtan, écoute-moi, si...

Les yeux du frère du vicomte brillaient d'un
éclair franc et généreux.

— Je poursuis, ne m'interromps pas. Hé
bien! tout ce dévouement que j'ai eu pour toi,
je le reporterai au centuple, s'il m'est possible,
sur elle. L'amour décuplera mes forces, j'ima-
inerai des tendresses qu'une mère ne connaît

pas, car l'amour passionné est certes plus inventif que l'amour maternel. Ses moindres désirs seront prévus ; je la couvrirai de ma tendresse à toute heure. Je l'adorerai comme on doit adorer Dieu ! Non ! elle ne saurait être à d'autres, elle sera ma femme. Toi qui m'aimes plus qu'on n'aime généralement un frère, tu comprendras tout le bonheur que j'ai à prononcer ce mot.

Tu auras l'intuition de toutes les béatitudes qu'il renferme ; car tu la connais, elle aussi. N'est-ce pas qu'elle est jolie ? n'est-ce pas que c'est un ange ?

Le regard sincère d'Oscar était redevenu perçant et acéré. Pendant que son frère parlait, il brisait dans ses dents une bague en or, sur laquelle étaient les armes de leur maison.

Gaëtan continua :

— Pourquoi n'es-tu pas aussi gai que moi ? car mon bonheur est le tien ; tes joies et tes douleurs ont toujours été les miennes.

— Mais je suis gai, je suis heureux, seulement je pensais à ce billet.

— Mais, mon cher Oscar, tu es fou, ce billet n'a jamais existé... N'est-ce pas que tu l'aimes, ma Noémi.

— Oui, je l'aime! murmura sombrement Oscar.

La petite Henrique mit fin à ce dialogue en accourant embrasser son *vicomte Gaëtan*.

Le 21 juin, à cinq heures du soir, rue d'Amsterdam, un remise s'arrêta devant la gare de l'Ouest. Une jeune femme et un jeune homme en descendirent.

— Arrêtez! criait un homme qui accourait du bas de la rue, arrêtez.

Les passants se regardèrent. — On n'apercevait point de voleur, et personne ne se sauvait.

— Arrêtez! continua-t-il; il enlève ma femme.

— Qui? interrogea gravement un sergent de ville.

— L'individu qui descend de voiture. C'est ma femme qui est avec lui! Ils veulent gagner l'étranger.

Malgré l'incohérence des paroles du pauvre mari, on saisit le ravisseur par le collet. Il suivit l'agent et le mari chez le commissaire. Mais pendant ce temps, la jeune femme s'était enfuie.

La *Patrie* du lendemain mentionna le fait.

Seulement elle ne parla pas d'un couple qui, arrivant à la même heure, par la même ligne de l'Ouest, monta dans le même remise. — La *Patrie* eut raison. — Toutefois, la coïncidence était curieuse. Le monsieur et la dame qui remplaçaient les deux amoureux de contre-bande étaient le vicomte et la vicomtesse Gaëtan de Maucombe.

Vichy, 3 juillet.

Mon père aimé,

« Voici la seconde lettre que je t'écris de-puis que je suis devenue madame. Je veux que celle-ci soit entièrement pour toi. Petite mère ne s'en fâchera pas ; ma première lui était adressée et j'avais signé *vicom-tesse de Maucombe*. Comme elle a dû être contente, cette bonne mère ! Je la vois d'ici, elle est allée la montrer à toutes ses amies. Et ma chère Henrique parle-t-elle quelquefois de la femme de son *vicomte Gaëtan ?*

« Je crois qu'elle aimera les couronnes ?

« Si, au moins, elle pouvait être aussi heu-reuse que moi !

« Oui ! mon bien-aimé père, c'est pour toi que j'écris ceci. Je suis presque en paradis !

— Je dis presque, car pour y être complètement, il me faudrait vous avoir tous avec moi.
Combien mes yeux vous diraient clairement
ma béatitude ;

« L'avouerai-je ? quelquefois, je me dis
qu'un semblable bonheur ne saurait durer :
je crains parfois qu'un violent orage ne
vienne troubler mon ciel ! mais je suis folle !
le seul orage que j'aurais à craindre, ce serait
que Gaëtan ne m'aimât plus. Et Dieu sait s'il
m'aime !

« Je crois même qu'il m'adore, et que je
finirai par le faire adorer Dieu, — après moi
peut-être. — Il va tous les dimanches à la
messe avec moi. M. Oscar se pique de cour-
toisie et y vient aussi ; quant à Maurice, il
a pour moi les prévenances d'un fils pour
sa mère. En vérité, je ne serais pas mariée,
je pense qu'il me demanderait en mariage. Ils
sont bons tous deux et aussi prévenants que
mon mari. Si l'orgueil n'entre pas dans mon
cœur, ce ne sera certes pas la faute de ces
messieurs.

« La parole de ta fille chérie, on dirait qu'ils
sont jaloux, mais jaloux à se battre ! Alors
Oscar a des yeux terribles. Je fais ordinaire-

ment cesser ce commencement de tempête en les embrassant tous deux.

« Gaëtan m'a fait l'autre jour une confidence ; il m'a dit que j'avais opéré deux miracles : à savoir la conversion d'Oscar et de Maurice.

« — Avant que je ne sois marié, m'a-t-il dit, mon frère ne se plaisait pas avec moi, j'avais toutes les peines du monde à le faire rester à mon foyer deux ou trois fois par an. Quand je voulais le voir, il me fallait aller chez lui. Le matin jusqu'à onze heures on le trouvait... quand il rentrait !

« Dieu sait si quelquefois j'ai eu le cœur serré ! Quant à Maurice, il n'était affectueux que lorsqu'il avait besoin de régler une dette de jeu.

« C'est à toi, Noémi, que je dois tout. Tes beaux yeux ont opéré ce rêve charmant. Je t'en prie, aime-les bien tous deux ! Peut-être n'ai-je pas été assez indulgent ?

« Entends-tu, petit père, Gaëtan n'a peut-être pas été assez bon ! lui la bonté même !

« Toujours est-il que moi-même je ne m'explique pas ce changement. Après tout ! pourquoi chercher les causes du bien ?

« En résumé, je suis une petite reine.

Nous sommes actuellement dans un pays charmant. Chaque jour ce sont des promenades au milieu des montagnes. Car, si nous sommes à Vichy, vous comprenez bien que ce n'est pas pour notre santé, mais bien pour notre plaisir. Mon mari a choisi Vichy, parce que, dit-il, c'est un pays charmant, parce que la société y est comme il faut, et une foule d'autres raisons. Cependant, il me fait boire d'une certaine eau. C'est pour me fortifier, dit-il.

« La source à laquelle va boire ta Noémi, a pour nom : *La Source des Dames*. L'eau est ferrugineuse. Je ne sais en vérité pas pourquoi j'en bois ; d'autant plus que ce n'est pas très-bon.

« Le soir, nous allons au parc et quelquefois au bal. Au parc, *on pose*. Ceux qui veulent tout simplement respirer l'air, prennent une voiture et des ânes et vont aux environs.

« Trois fois par semaine je vais au bal. C'est Oscar qui le veut. Gaëtan nous accompagne, mais il ne danse pas. Oscar me fait promettre d'avance toutes les danses, en sorte que je suis toujours invitée. Maurice seul a le droit de danser avec moi, encore pas toujours :

pour lui accorder une valse il faut que je vole,
Oscar.

« Quand je fais une remontrance à mon
beau-frère, il me répond gravement que c'est
lui qui me fait venir au bal ! Mon mari s'amu-
se beaucoup de ce petit manége. — Il dit quelquefois : « Je voudrais être jeune pour vous
l'enlever à tous. »

« Avez-vous quelquefois pensé que mon
mari n'était plus jeune? Pour moi, je le
trouve aussi jeune que Maurice. — Sa moustache est blanche, voilà tout! Puis, pourquoi
comparer? Gaëtan est mon cher Gaëtan, je ne
vois que lui; les autres n'existent que lorsqu'ils lui plaisent.

« Dans trois semaines nous serons à Paris,
alors vous viendrez avec ma mère et ma petite
sœur. Que je serai heureuse! mon bonheur
sera complet.

« Mais voilà une lettre bien longue déjà, et
je ne me suis occupée que de moi.

« Tu m'aimes tant, petit père, que tu me
pardonneras : mon bonheur est le tien, tu me
l'as dit souvent.

« Qu'est-ce qui pensera, cet hiver, lorsque
je ne serai plus là, à mettre, vers cinq heures,

les jours où tu sors, tes pantoufles près d'un bon feu !

« Quand je verrai ma petite Henrique, je lui ferai la leçon pour cela et pour une multitude d'autres choses. Si quelqufois elle oublie mes recommandations, à cause de son jeune âge, tu diras, dans ton cher cœur : Ma Noémi y aurait pensé ! ce souvenir sera si bon !

« Et nos rosiers ! les soignes-tu bien ? C'est moi, à mon tour, qui te gronderai si, arrivant à l'improviste, je ne trouvais pas de *roses Noémi*.

« Tu te rappelles le malheur que tu as fait en coupant mon rosier ; tu sais si j'ai pleuré ! Je compte que l'an prochain il y en aura une douzaine de greffés ?

« Henrique soigne-t-elle mes oiseaux ? Je crois bien qu'il faut l'aider un peu.

« Qu'est devenue ma petite chambre toute blanche ? je me prends à penser que quelquefois petit père s'y rend machinalement pour me voir ! Plus personne, l'oiseau est envolé. — Ah ! cher père, si je parais dire cela légèrement, mon cœur est bien un peu gros.

« Si ma lettre est mouillée en cet endroit, tu m'embrasseras en pensée . . . . . .

. . . .

« Il y a quelques mots d'effacés, je ne les récrirai pas.

« Je vous envoie par la messagerie deux caisses. L'une pour toi seul, l'autre pour ma mère et Henrique. Celle pour toi contient des pétrifications achetées à Sainte-Alyre et à Royat. Plus tard je vous expliquerai comment ces transformations d'un fruit vert en une pierre de même forme s'opèrent. La seconde caisse est remplie de *grivas*. Le *grivas* est une toile croisée qu'on fabrique ici, il y a de quoi te faire un vêtement complet pour le jardin, puis diverses choses, robes, peignoirs, etc., pour ma mère et Henrique.

« Adieu, mon père bien-aimé, mille baisers à ma mère et à Henrique.

« Je vous attends tous dans six semaines.

« Adieu encore et à bientôt, ta fille chérie, qui t'envoie le meilleur baiser de son cœur.

« NOÉMI. »

« P. S. — M. Oscar de Maucombe, mon beau-frère, est entré dans ma chambre lorsque je finissais ; il a prétendu lire ma lettre. Il m'a fait effacer quelques lignes à son sujet,

Peut-être était-il confus des louanges que je
lui donnais.

« Il a le dos tourné, j'envoie tout. »

Nous sommes aux derniers jours de décembre. Une pluie fine, froide et serrée tombe
depuis le matin ; les rues sont boueuses : bien
qu'on soit à la veille de Noël, tout est triste au
dehors et au dedans. Il est six heures. Assise
dans une chauffeuse, une femme assez pâle,
les yeux rougis, plonge un regard d'une fixité
un peu vague sur les tisons éparpillés dans
l'âtre.

Un homme, appuyé sur la cheminée, semble attendre une réponse à une question
depuis longtemps posée.

— Nous sortirons ce soir, ou plutôt cette
nuit.

Point de réponse.

— En vérité, vous êtes distraite !

La jeune femme ne releva la tête qu'au
bruit que fit la femme de chambre en ouvrant
la porte.

— Monsieur est-il rentré ? dit-elle d'une
voix remplie de larmes.

— Non, madame ! mais on demande si
l'on pourrait parler à madame !

— Vous savez, repartit l'homme appuyé sur la cheminée, que madame la vicomtesse ne reçoit pas à cette heure. Nous attendons M. le vicomte pour dîner.

— Le monsieur qui est ici prétend entrer; madame ne sera pas fâchée de le recevoir, dit-il.

Oscar, c'était lui, lança un regard inquisiteur sur la pauvre jeune femme.

— Le nom de ce monsieur?

— Il ne veut pas se faire annoncer.

— Dites-lui de revenir.

— On ne s'en retourne pas de si loin! cria une voix qui fit tressaillir Noémi.

Le père Vaudricourt, crotté jusqu'à l'échine, vu la pénurie des fiacres lorsqu'il pleut, foula de ses bottes sales le tapis de moquette de la chambre de sa fille.

La jeune femme ne dit même pas mon père, elle tomba dans les bras du vieillard, qui la décoiffa entièrement à force de l'embrasser.

— Mais! qu'as-tu? dit-il en regardant la figure de sa fille. — Tu pleures?

— Bon père, c'est le plaisir de te voir. Voilà cinq bons mois que nous vous attendons, Gaëtan et moi.

— Tu es affreusement pâlie, serais-tu malade?

— Malade quand je te vois, allons donc! et
ma mère, et Henrique?

— Ta mère et ta sœur sont au chemin de
fer, elles attendent une voiture. Car dans ton affreux Paris on ne trouve même pas de *berlin-
gots* pour se faire transporter; et tu sais, par le
temps actuel, des dames ne sauraient s'aven-
turer à pied.

Moi j'ai pris les devants afin de t'embrasser
le premier. Tu vois si j'ai réussi. Hé quoi, tu
pleures.

— De joie, cette fois, cher père.

— Si ma chère belle-sœur a eu un chagrin
depuis qu'elle est mariée, c'était de ne pas
vous voir, monsieur Vaudricourt, interrompit
Oscar.

Une voiture s'arrêta devant la porte.

— Voici ma mère! s'écria la vicomtesse, et
elle se précipita dans l'escalier.

C'était son mari, il la reçut dans ses bras.

— Tu ne sais pas?

— Non.

— Viens vite à ma chambre.

— Mais, enfin, qu'y a-t-il?

Comme elle entraînait son mari, elle enten-

la voix de sa mère et de sa sœur Henrique qui demandait gravement au concierge Mme la vicomtesse de Maucombe?

Le vicomte, qui ne savait rien, monta seul, tandis que sa femme descendait au-devant de sa mère.

— Qu'on a de mal à arriver jusqu'à toi, ma chère enfant! Pas une voiture, des chemins plus mauvais qu'à Arques!...

— Comment va ton mari? Et messieurs Oscar et Maurice?

— Mon cher Gaëtan est toujours la perle des maris. Vous me faites penser que votre arrivée m'a empêchée de l'embrasser.

Il a dû me croire folle. — Heureusement qu'il a trouvé papa en haut qui l'a rassuré.

Et toi, ma petite Henrique, tu ne me quittes plus, — quelle bonne soirée! pensa Noémi.

Elle oublia tout! Elle redevint la jeune fille rieuse, confiante, que nous avons vue à Arques.

— Vous savez, dit-elle avec une grâce charmante, qu'on ne se couche pas la nuit de Noël. Vous arrivez comme marée en carême.

— En effet! nous n'avions pas l'intention de nous coucher... du moins avant le matin, dit en souriant Oscar de Maucombe.

— Vous projetiez une partie, reprit Gaëtan; vous ne m'avez cependant parlé de rien.

— Mon ami, c'est ton frère qui voulait absolument m'entraîner au boulevard. Et, par ce temps, je te demande si c'est raisonnable.

La voix de Noémi n'était pas la même que l'instant d'auparavant. C'était la colombe qui voudrait prendre son vol, mais qui sent que l'air n'est pas libre, qu'un treillage de fer l'arrêtera.

Qu'avait cette pauvre jeune femme, belle à ravir, riche, adorée de son mari et de tous ?

Peut-être d'autres auraient-ils pu nous le dire.

Oscar et Maurice restèrent jusqu'à quatre heures du matin, heure à laquelle on se coucha.

En sortant de la chambre de son père et de sa mère, la vicomtesse traversait un petit salon qui menait à la sienne, lorsqu'elle se trouva en présence de son beau-frère.

La pauvre jeune femme redevint pâle.

— Encore ! et toujours? murmura-t-elle.

— Toujours.

— Mais c'est un enfer !

— Le paradis existera lorsque vous le voudrez.

— Oscar, vous êtes un lâche!

— Je veux me faire aimer de vous!

La jeune femme lança un regard superbe de mépris sur le misérable. Elle se sentait forte, son père et sa mère n'étaient-ils pas là!

Oscar de Maucombe ne se méprit pas sur cette force factice. Il sourit d'un sourire diabolique et pirouetta sur ses talons.

La trop malheureuse enfant se laissa tomber dans un fauteuil pour se remettre; elle n'aurait pas voulu paraître devant son mari dans un tremblement qui eût motivé quelque question.

Elle fut tirée de la torpeur dans laquelle l'avait fait tomber sa surexcitation nerveuse par un pas léger et discret.

— Je vous cherchais.

— Lui aussi! soupira-t-elle.

— Charmande Noémi, pourquoi me fuir, ne savez-vous pas que je vous aime?

— Maurice, taisez-vous, je ne tolérerai pas plus longtemps vos assiduités injurieuses. Vous n'avez donc pas de honte de demander un amour autre que l'amour d'une sœur à la femme de votre père adoptif?

— Je vous adore, la passion saurait-elle raisonner!

Le jeune homme s'était approché de la vicomtesse, il voulut entourer sa taille de ses bras.

Trop faible pour se dégager de cette insultante étreinte, elle sentit sur son cou l'haleine lascive du libertin.

La porte de la chambre s'ouvrit et Gaëtan parut.

— Qu'y a-t-il donc?

— Rien, une petite discussion entre madame la vicomtesse et moi. Seulement elle me garde rancune. Je lui demande sa main, elle refuse.

— Je gage que tu as encore fait quelque sottise, que ma femme t'aura grondé et que tu auras répondu.

— Eh bien! oui, affirma audacieusement le jeune roué, je venais de conter à madame une petite disgrâce qui m'arrive. — Je perds dix louis et je n'ai pas le premier.

Elle m'a répondu que tant que j'aurais la passion du jeu elle ne me pardonnerait pas. Voilà le fait.

Le vicomte, qui était devenu d'une indulgence plus que coupable depuis qu'il avait mis la main sur le bonheur en se mariant, approcha lui-même sa femme de Maurice,

— Allons, dit-il, je demande pardon pour toi. Il ne recommencera plus, ma bonne amie.

La pauvre martyre sentit sa main pure pressée par la main de la luxure.

Pour combler la mesure, le vicomte ajouta :

— Embrasse-le, c'est également ton fils. Elle obéit.

Il était cinq heures du matin. On ne dormait pas dans la chambre de M. et de Mme Vaudricourt. Il avait bien fallu causer de cette fille aimée, du gendre et de la famille.

— Tu ne trouves pas que Noémi est changée ; elle a affreusement pâli.

Mme Eugénie Vaudricourt sourit philosophiquement.

— C'est le mariage, répondit-elle, je m'y connais ! Quel mariage heureux ! Pouvions-nous espérer un pareil parti ? Quand je te le disais, Vaudricourt, que ce *serait une chaîne de fleurs.*

Là-dessus, Mme Vaudricourt s'endormit. Le père veilla bien encore un peu, mais enfin le sommeil l'emporta.

Le vicomte Gaëtan s'endormit aussi après avoir dit à sa femme :

— Tâche de garder le plus longtemps possible avec nous ton père et ta mère. Tu m'as paru si heureuse de les voir.

Je veux m'attacher avec frénésie à tout ce qui peut augmenter ton bonheur; car tu es heureuse, n'est-ce pas?

— Oui! mon Gaëtan, murmura sa femme en pleurant.

Le vicomte n'entendit pas ce oui.

FRAGMENT DU JOURNAL DE MADAME LA VICOMTESSE GAETAN DE MAUCOMBE.

(Dates rétrospectives.)

30 juin.

Il se passe quelque chose d'extraordinaire. Serais-je trop heureuse? Un malheur me menace-t-il?

5 juillet.

Le voile est tombé! mon Dieu! mon Dieu! après tout, je suis peut-être l'objet d'hallucinations? Mon orgueil de femme m'a fait prendre des ombres pour des réalités. — Cela ne se peut pas. Une même famille ne saurait produire un modèle de générosité, de grandeur

et d'héroïsme, et le type de la bassesse, de
l'hypocrisie et de l'avilissement! Mon Dieu,
pardon de mes soupçons.

7 juillet, au soir.

C'en est fait! mon rêve est à jamais détruit.
Je ne m'étais pas trompée!

Pauvres femmes que nous sommes! nous
calomnie-t-on! Les hommes nous prennent
donc pour les esclaves de leur bon plaisir!

Pour un sourire, un baiser que dans l'innocence de notre cœur nous leur accordons
en sœurs, ils se croient le droit de nous in-
sulter.

Oscar et Maurice, que j'appelais mes frères,
sont d'infâmes suborneurs! Ce sont les propres
ennemis de la maison. Suis-je bien éveillée?
Une telle noirceur d'âme peut-elle exister?

Leurs prévenances que je regardais comme
fraternelles cachent l'infamie!

Ils m'ont outragée dans ma pudeur de
femme et dans ma chasteté d'épouse.

Mais non! C'est un égarement passager, ils
reviendront.

14 août.

Pauvre Gaëtan! tu m'aimes toujours d'un

9

amour profond et vrai. Pas un mot ne trahira mon martyre! je serai toujours ton épouse fidèle.

Je tournoie dans un cercle de fer, ton frère et Maurice y sont enfermés avec moi. Je tourne le dos à l'un pour faire face à l'autre. Chacun me croit heureuse, ma mère, mon père. Faut-il les désillusionner? Faut-il, toi aussi, mon Gaëtan bien-aimé, dessiller tes yeux? Non, crois-moi heureuse, je souffrirai pour toi que j'aime.

J'avais un instant cru à une folie passagère! Hélas! leur combinaison est infernale et leur trame est ourdie depuis longtemps.

16 août.

Que devenir! je suis à bout de forces.— Oh! que les hommes sont lâches!

17 août, au matin.

Gaëtan ne s'aperçoit de rien. — Il aime son frère; il prend ses obsessions pour du dévouement. Hier encore, il m'a reproché ma froideur pour lui.

Mon bon père, que n'êtes-vous là pour me conseiller!

1er septembre.

Oscar et Maurice luttent de perversité et l'audace !

Je ne pourrai bientôt plus écrire un mot ; ils n'épient l'un et l'autre.

17 septembre.

Lequel est le plus à craindre ? Ils sont l'un et l'autre jaloux, jaloux de tout, de mon mari, jaloux l'un de l'autre.

S'il allait arriver malheur à mon Gaëtan !

Il faut tout redouter de leur perversité. Il est des crimes que la loi ne peut atteindre.

20 septembre, la nuit.

Quelle journée ! Oscar était absent, j'ai cru à un peu de repos.

Maurice est venu. — Je l'ai menacé de mon mari.

L'infâme ! Il m'a demandé si je menacerai aussi le frère !

En revenant, le soir, Gaëtan m'a apporté un bracelet. — Combien ce bijou m'a fait de mal ! Mes lèvres ont balbutié un remercîment. — Il a cru qu'il ne me plaisait pas et m'a offert de le changer.

Je me suis jetée dans ses bras en pleurant : il a cru que c'était pour lui demander pardon de ne pas avoir accepté gracieusement son cadeau.

Il m'a embrassée et a mis tout son cœur dans ce baiser. Après dîner, il est sorti.

A peine était-il dehors que son frère Oscar est venu dans ma chambre, où je m'étais retirée.

Il avait une cravache à la main. « Madame de Gaëtan acceptera-t-elle à souper avec moi? » a-t-il dit absolument comme s'il parlait à sa maîtresse.

Je me suis levée pour le chasser. — Çà ! — me dit-il en se retirant, — mon frère est singulièrement bon de vous offrir un bracelet pour les bons soins que vous donnez à Maurice.

Même date.

A la suite de mon altercation avec Oscar, j'ai eu une crise de nerfs, Gaëtan m'a trouvée dans cet état, qu'il attribue au séjour de Paris.

Il m'apportait un bracelet plus beau que le premier.

Ma position est intolérable !

2 novembre.

C'est aujourd'hui le jour des morts ! Sont-ils heureux ! On pense à eux et on prie.

On me croit heureuse et on me laisse.

Oscar est venu me chercher pour faire une promenade, il a choisi le moment où j'étais avec Gaëtan. J'ai prétexté une migraine. Gaëtan lui-même m'a forcée à accompagner son frère.

Une voiture nous attendait. Oscar a donné une adresse que je n'ai pas entendue.

Quand la voiture s'arrêta, je n'avais pas conscience de moi, pas une parole n'avait été échangée. Nous étions place Royale.

Je me soutenais à peine. Il a fait signe à un commissionnaire qui se trouvait là ; il lui a dit que j'étais malade, que j'allais avoir une crise de nerfs, et il l'a prié de l'aider.

Malgré ma résistance, on m'a portée dans une allée et je me suis trouvée dans une chambre !

Alors, j'ai recouvré toute ma force. — Vous

êtes un infâme ! me suis-je écriée, j'appellerai.

— Vos cris sont inutiles ! Tout est combiné
et arrangé pour punir votre orgueil.

Cet homme exécrable s'est jeté à mes pieds.

— Il m'a rendu la passion odieuse en lui
empruntant ses termes les plus enchanteurs.

— Ma bien-aimée, je t'ai fait souffrir ; mais
c'est fini. Tu reconnaîtras le pouvoir que tu
as sur mon cœur. Je ne veux rien de force ;
viens de toi-même combler mes désirs. Tu vois,
je ne suis plus furieux, je suis doux : ordonne
et j'obéirai.

— J'ordonne que vous me laissiez sortir.

— Eh bien, oui ! mais promets, promets que
tu ne me repousseras plus.

Exténuée, redoutant le présent, sans souci
de l'avenir, j'ai murmuré : Plus tard !

Un éclair de passion satisfaite a brillé dans
ses yeux. Il s'attendait à une lutte ; la joie a
paru paralyser ses membres.

Je me suis levée et j'ai pu gagner la porte.
Il était temps ! son bras de fer me tenait déjà.

A quoi tout cela a-t-il tenu ? Quelqu'un
montait l'escalier et j'ai pu partir.

Je suis sortie pure ! ô mon Gaëtan !

15 novembre.

Que d'affronts n'ai-je pas à essuyer chaque
jour et à toute heure !

Demain je dirai tout à mon mari. J'écrirai à
mon père.

20 novembre, au soir.

Oscar s'est ri de mes menaces. A l'exemple
de Maurice, il a dit que son frère ne me croi-
rait pas. — Comble du malheur ! je sens qu'il
dit vrai !

Écrire à mon père mon martyre ! il en mour-
rait, il m'aime tant !

Souffrons jusqu'à ce que la douleur m'em-
porte.

24 décembre, au matin.

La coupe que je bois est bien amère !

Marie, vous qui avez tant souffert, soutenez-
moi ! — J'ai reçu une lettre de ma mère qui me
dit que mon bonheur fait envie à toutes les
personnes qui me connaissent. Mon Dieu ! ne
m'avez-vous donc pas encore assez abreuvée
de douleurs ! . . . .

. . . .

L'affreux drame qui se jouait depuis sept mois rue de Madame, languit un peu pendant le séjour de la famille Vaudricourt chez leur fille.

La jeune femme s'entourant à toute heure de ces êtres si chers, retardait une catastrophe inévitable et que dans sa vertu elle n'osait s'avouer.

Oscar et Maurice s'étaient devinés. Toutefois, ils ne se concertaient pas, ils attendaient. L'un et l'autre craignaient l'indiscrétion de la fille dans un épanchement auprès de son père ou de sa mère, aussi la surveillaient-ils avec un soin inouï.

— Jamais je n'ai vu une famille où il régnât une si cordiale entente, répétait Eugénie Vaudricourt. Toutes ces paroles étaient des coups d'épingle pour le cœur de la pauvre affligée.

Cependant la jeune vicomtesse dépérissait chaque jour. Ses jolies couleurs étaient depuis longtemps ternies ; mais l'atroce maigreur, cette ennemie des lignes correctes, stigmatisait le visage, les bras et le corps.

Ses corsages de jeune fille étaient devenus trop larges !

— C'est le chagrin de ne pas être mère,

finit par dire sa mère, qui enfin s'était aperçue de cette maigreur maladive.

— Votre femme est évidemment malade, dit un jour le père Vaudricourt au vicomte.

— Je ne sais, repartit le mari éploré ; mais depuis quelque temps, j'y songe plus que je ne saurais dire. Elle n'avoue rien. Que lui manque-t-il ?

— Noémi a du chagrin.

— Ah ! dites-moi lequel, que je voie si je puis y remédier ; je ferai tout, car je l'aime, je l'adore. Tout le monde ici l'adore et la respecte.

— Je l'ai en vain questionnée. — Elle proteste qu'elle est parfaitement heureuse. Écoutez, continua le pauvre homme, les larmes aux yeux, mon enfant couve la mort !

— Ah ! ne me torturez pas ainsi ! s'écria le vicomte sérieusement alarmé, j'en deviendrais fou !

— Peut-être lui faudrait-il revenir se retremper dans l'air natal, elle voudrait peut-être revoir notre pauvre maison.

— Mais que ne parle-t-elle ! Nous partirions tous demain.

Le vicomte serra la main du vieillard qui lui donnait une si bonne inspiration, et courut

9.

à la chambre de sa femme. Maurice s'y trouvait.

Pour la première fois, le vicomte remarqua
les traces du mal affreux qui minait sa femme.

— Maurice, laisse-nous, dit-il au jeune
homme.

— Mon ange ! une bonne nouvelle !

La jeune femme leva les yeux et tendit les
oreilles comme un naufragé qui, à demi mort
sur un tronçon de mât, entend derrière lui le
bruit d'une rame qui lui annonce un être sau-
veur.

— Tu partiras demain pour Dieppe, avec
ton père et ta mère.

— Dis-tu vrai, mon bon Gaëtan ?

— Si je dis vrai ! Tu le désirais donc !
Pourquoi ne pas me l'avoir demandé ? Est-ce
que je t'ai jamais refusé quelque chose ?

— Non, tu es bon ! c'est moi qui n'ai pas eu
la confiance de te demander cela.

— Ma bien-aimée, promets-moi à l'avenir de
tout me dire. Tu me le promets ?

Un oui de mourant s'échappa de la poitrine
de la femme torturée.

— Ainsi donc, c'est convenu ! Va annoncer
cette bonne nouvelle à ton père.

La vicomtesse vola plutôt qu'elle ne courut ; elle fut arrêtée par Oscar.

— J'ai tout entendu, lui dit-il. Si vous partez, vous êtes perdue, redoutez-moi...

Elle était anéantie.

— Je partirai ! s'écria-t-elle en dominant son accablement.

— Je ne vous croyais pas, madame, tant d'énergie ! vous préférez que j'aille vous entourer de mes soins à la maison paternelle ? — Soit !

— Gaëtan ! Gaëtan ! à mon secours ! ne vois-tu pas qu'on m'outrage !

Ces quelques mots, que la malheureuse avait cru crier bien fort, expirèrent dans sa gorge. Son âme damnée seule les entendit.

Usée, brisée, anéantie par la lutte, elle demeura deux heures sans connaissance.

Quand elle revint à elle, toute sa famille l'entourait.

Debout derrière le lit, Oscar lui faisait face.

— Il sera donc toujours là, soupira-t-elle.

— Qui ? demanda son mari.

— Mais, lui ! lui !

Ses bras affaiblis ne purent indiquer le misérable.

Quant à lui, il se chargea de répondre.

— Ne voyez-vous pas qu'elle a le délire !...

Il s'approcha du lit et embrassa la vicomtesse au front.

Les médecins, consultés sur l'état de la malade, déclarèrent, d'après les indications qu'on put leur fournir sur les symptômes qui avaient précédé, que c'était une consomption interne.

Ils ordonnèrent la campagne. — Seulement, elle ne pourrait être transportable avant quinze jours ou trois semaines.

Le vicomte se désolait et lui aussi changeait à vue d'œil.

Pendant la maladie de sa femme, il ne savait qu'inventer pour lui prouver combien il l'aimait. La pauvre femme lui souriait de son lit et lui tendait une main décharnée qu'il baisait avec transports. Plus d'une fois elle retira cette main couverte de larmes.

— Comme il m'aime, pensait-elle. O mon Dieu ! enlevez-moi à lui ; car moi aussi je l'aime et il pourra me pleurer !

La vicomtesse guérit ; ou plutôt, elle eut ce qu'on pourrait appeler un replâtrage médical.

Point d'émotions, avait dit le médecin.

Il arriva cependant que M. et Mme Vaudricourt parlèrent de partir.

Le vicomte ne savait plus où donner de la tête : sa femme refusait d'accompagner son père.

Son martyre, un instant suspendu par la maladie, allait recommencer.

Elle trouva un biais.

— Le médecin a déclaré que l'air de la campagne me serait bon, avoua-t-elle un jour à son mari ; allons tous deux à ta terre d'Ivry.

— Nous irons, répondit le mari, trop heureux d'accomplir un vœu formé par sa femme.

La veille du jour où les Vaudricourt devaient quitter Paris, un tremblement nerveux s'empara de tous les membres de la jeune femme.

Elle éprouvait ce que doit éprouver un condamné à mort qui vient d'entendre sa sentence. Chaque moment, chaque heure, chaque minute, l'approche du terme fatal. Ce terme, il ne peut l'éviter ; l'arrêt est irrévocable.

Le père et la mère de la femme martyre, ses soutiens manquaient ; les deux bourreaux seuls restaient.

— Cruel souvenir ! l'heure s'approche, personne ne me soutiendra. Si au moins la mort me traitait en amie... Le suicide m'est même interdit.

Bien que la saison fût mauvaise, le vicomte tenait à aller à la campagne, le médecin l'avait dit.

Le mois de février finissait. — Par une belle journée un peu froide, mais sèche, le vicomte et la vicomtesse de Maucombe arrivèrent dans leur terre d'Ivry.

Mme de Maucombe, si pleine de santé en se mariant, n'était plus que l'ombre d'elle-même. Ses épaules laiteuses à fossettes où les baisers semblaient s'être donné rendez-vous, laissaient apercevoir les os, ces derniers lutteurs contre la destruction. Ses jolis contours, saillants quelques mois auparavant, n'existaient plus. Les cheveux semblaient plus noirs, sans doute à cause de l'excessive pâleur du front ; les yeux, seuls reflets de sa belle âme, avaient conservé toute leur beauté !

Étrange martyre, où la victime était couronnée de fleurs. — Étrange pièce jouée à trois, la nuit, le jour, à tout instant, dans l'intérieur d'une maison, au sein du monde. Pièce dans laquelle la même femme était à la fois victime et public ; dans laquelle les soupirs de son cœur n'avaient pour écho que sa poitrine brisée.

Lutte incessante, inouïe, terrible, du bien

contre le mal, de la faiblesse contre la force, dans laquelle l'âme devait s'échapper alors qu'elle ne pourrait plus soutenir le corps trop usé lui-même pour le seconder.

Remarquable destinée de cette femme infortunée, qui ne pouvait jouir d'un abandon complet avec son mari qu'elle adorait.

Noémi était aimée ; elle eût souhaité de ne l'être pas.

Quelle main de fer pesait sur cette femme de dix-huit ans, qui n'avait vécu qu'avec son cœur. Si, de temps à autre, elle relevait sa tête languissante, si par hasard un rayon d'espoir venait à luire à ses yeux las de pleurer, tout à coup le désespoir s'emparait de la femme vertueuse, désespérée.

Fréquemment l'ardeur de son désir de voir finir son malheur, c'est-à-dire sa vie, la trompait sur ses forces et l'exaltait dans sa douleur.

Puis mille impressions confuses et incohérentes alanguissaient son esprit en fatiguant ses organes.

Ce drame inénarrable et satanique, plus commun quant au fond qu'on ne pourrait le croire, eût peut-être cessé d'un mot.

Pourquoi la malheureuse jeune femme, qui

aimait son mari et qui était payée de retour,
ne lui confiait-elle pas les moindres détails de
son supplice?

Parce que la vicomtesse de Maucombe aimait trop son mari; parce qu'elle craignait les
conséquences d'un semblable aveu. Quel voile
se déchirerait tout à coup dans l'âme de Gaëtan!
Elle était terrifiée en pensant à l'avenir.

Voilà pourquoi Noémi endurait toutes les
horreurs d'un long supplice sans mot dire;
voilà pourquoi l'ange de la mort veillait à son
chevet.

Lorsqu'ils furent arrivés à Ivry, Mme de Maucombe se jeta au cou de son mari. L'air,
l'émotion, avaient légèrement coloré ses
joues.

— Je me sens beaucoup mieux, dit-elle;
vois-tu, ce qu'il me faut, c'est toi, puis la campagne.

— Que ne parlais-tu plus tôt? La campagne!
Tu n'avais qu'un mot à dire. Mon plus grand
plaisir n'est-il pas de t'être agréable! Commande, commande toujours, et moi, je t'o-
béirai. Que désires-tu encore?

— Ce que je désire! rester ici, ici, entends-
tu bien, seule avec toi, avec toi, seul! Tu n'in-

viteras personne, nous ne serons que nous deux.

Je vivrai de mon amour, — l'amour à deux est si doux ! Je retremperai mes forces ; et c'est mon amour qui me sauvera.

Les yeux de la jeune femme brillaient de cette étrange clarté que les peintres donnent au regard des saints au milieu des tourments. Un point lumineux, invisible pour tous les autres, attire leur rayon visuel et dilate la pupille, qui elle-même devient lumière.

Noémi voyait dans l'espace un point brillant qu'elle semblait poursuivre de tous ses désirs comme un but souhaité ; peut-être au-dessus de sa tête apercevait-elle un nimbe d'or qui lui faisait présager un terme prochain à ses douleurs ?

Le vicomte attribua ce regard extraordinaire à l'exaltation que produit la fièvre.

— Oui, nous resterons ici tant que tu le désireras, nous y serons seuls, tous deux, entends-tu ?

— Je t'aime ! Je ne souffre plus ! Tu verras dans quelques jours comme mes couleurs vont revenir. Veux-tu que je te le dise ? Je ne serai jamais Parisienne, cet air de Paris ne me vaut rien. Je ne tiens pas aux fêtes, aux bals, etc. Je désire être aimée de toi et vivre ici.

Entre nous, je suis très-contente que mes parents soient partis.

Je les aime beaucoup ; mais je crois qu'avec eux, j'étais moins près de toi !

La pauvre femme mentait ; et son cœur était à la torture. Hélas ! elle espérait tout de ce mensonge !

La campagne, l'hiver, est bien désagréable pour une femme ; Mme de Maucombe la trouva charmante. La boue des chemins n'existait pas pour elle, elle sortait en tout temps et allait partout.

Il n'y aurait rien d'étonnant à ce qu'elle eût trouvé les giboulées de mars de cette année-là plus enviables que les effluves tièdes du mois de mai dans la belle campagne d'Arques.

Huit jours de bonheur sont vite passés ! — Le soir du huitième, le vicomte et sa femme étaient auprès d'un bon feu. Le mari était dans un grand fauteuil Louis XIV ; assise devant lui, sur un tabouret, sa femme reposait sa tête sur ses genoux.

Lequel des deux était le plus heureux ?

— Dans quelque temps, disait la jeune femme, je pourrai remettre mes bagues, elles

e me tomberont plus des doigts. J'ai déjà re-
ris beaucoup ; regarde, Gaëtan, je crois qu'ils
ont plus gros que lorsque j'ai quitté Paris.

Un violent coup de sonnette retentit à la
rille du jardin. Il était neuf heures. — Noémi
ressaillit.

— Ah ! mon Dieu ! s'écria-t-elle, comme si
un malheur imminent la menaçait.

Le vicomte allait sortir de son appartement
afin de savoir le motif de cette visite intempes-
ive, sa femme se suspendit à son cou et se
pressa contre lui. — Elle avait peur. — La
colombe présageait le milan qui tournoyait
dans l'air. Elle avait entrevu l'épervier, « noire
virgule dans le ciel clair, » comme l'a écrit
Théophile Gautier.

— Qu'as-tu donc, mon ange ? pourquoi ce
coup de sonnette t'effrayerait-il ? Je ne te quitte
pas, sois tranquille.

— Tu dis vrai ? Tu restes ! exclama l'épouse
inquiète.

Le vicomte déposa un baiser sur le front de
sa femme. Ce front blanc, veiné d'azur, était
trempé d'une sueur froide.

— Elle n'est pas encore rétablie, cette
pauvre fleur étiolée ! pensa le mari.

— Je suis perdue ! soupira Noémi.

Les pressentiments ne trompent pas.

La vicomtesse, grâce à l'ouïe fine qu'ont les malades, avait entendu des pas d'homme. Son mari avait à peine ouvert la porte de la chambre que le visiteur entra.

Cette homme était Oscar !

— Tu ne pouvais nous faire plus de plaisir, lui dit son frère, dont le cœur parlait toujours. Je suis persuadé que Noémi est comme moi, qu'il lui tardait de te voir. Car voilà huit longs jours que nous t'avons quitté.

— Tu sauras, mon cher Gaëtan, qu'il en est de même de moi, je ne puis vivre sans toi, c'est-à-dire sans vous deux.

Oscar s'approcha de la femme de son frère qui tremblait et sentait ses jambes se dérober sous elle. Il l'embrassa comme un bon frère.

— Y a-t-il longtemps que tu n'as vu Maurice? interpella le vicomte.

— Hier! — Il viendra nous rejoindre dans quelques jours ; je ne l'ai pas amené parce que dans trois jours, la baronne de F... donne son bal et qu'il désire en être. — Tu sais qu'il est très-ami avec la baronne et que sa réputation exige qu'il se montre fréquemment avec elle. En fin de compte, il désire la compromettre !

— Il vient, tant mieux, dit à mi-voix le vicomte, qui ne pensait qu'au plaisir de posséder son fils adoptif et son frère, nous serons au complet. — Il tardait à ma femme et à moi de vous avoir : vous manquiez à notre bonheur. N'est-ce pas, Noémi?

Tu n'as pas soupé? je vais te faire servir une collation qui t'en tiendra lieu. Tu sais ce que disent les bourgeois de Paris : à la campagne comme à la campagne.

Le vicomte sortit.

Oscar s'approcha de sa belle-sœur.

— Vous croyiez peut-être, madame, que je ne pensais plus à vous? Comment pouvez-vous me calomnier ainsi! Vous seriez à l'autre bout du monde, à Ono-lu-lu, que j'irais vous y rejoindre.

Vous êtes encore plus belle que lorsque vous vous êtes envolée de Paris.

Au fait, je crois que vous êtes devenue raisonnable. Vous avez compris qu'une lutte entre nous deux était impossible. Voyez comme la sagesse vous va bien, vos belles couleurs reviennent. Entre nous, ne serait-ce pas la joie de me revoir?

Cette âme vile joignait l'audace la plus inouïe et l'insolence la plus outrageante à sa perversité.

— Quoi! venir m'outrager chez moi, dans
un appartement où mon cœur, naïf et sincère,
jure chaque jour un amour éternel à mon
mari!

— Toujours mon frère à m'opposer. Une
chose qu'on ignore peut-elle troubler le sommeil?

— Taisez-vous, taisez-vous! Non content
d'outrager votre frère dans un être sacré, dans
sa femme, vous insultez lâchement celui qui
vous a servi de père, celui qui tous les jours
encore...

— Achevez, je vous prie.

— Que votre pensée achève!

— Ne vous gênez pas; celui qui paye mes
dettes, n'est-ce pas?

— Vous l'avez dit!

— Madame la vicomtesse Gaëtan de Maucombe, je vous ai aimée, mais aimée d'un
amour passionné, irraisonnable! J'ai cherché
à vous séduire; j'ai cherché à vous posséder,
bien que vous fussiez la femme de mon frère!
Aujourd'hui, je vous déteste, je vous hais et je
vous déclare que quoi que vous fassiez... Il suf-
fit... Je m'entends!

Je suis Oscar de Maucombe, trente-deux
ans, assez joli garçon.

Une de vos connaissances, une dévote, madame de V..., peut vous dire si je tiens mes
promesses ; la baronne était pourtant une
prude, un collet monté... que Dieu et les
anges semblaient garder. Noémi, vous ne me
tiendrez pas rigueur ; je vous le jure. Je viens
exprès pour cela. Je ne veux pas toujours vous
savoir le droit d'être orgueilleuse.

Le vicomte entra.

— Tu ne souperas pas au café Anglais,
mais enfin tu souperas.

— Mon cher Gaëtan, tu es toujours le
même, bon, je ne dirai pas jusqu'à la bêtise,
mais jusqu'à la prodigalité.

— Que veux-tu ! c'est tout simplement de
l'égoïsme. Je ne suis heureux que lorsque j'ai
mes parents avec moi.

— Tu as raison. — Et ils te le rendent bien ;
Maurice, lui-même, est changé, il n'est content que lorsqu'il est avec toi. Tu aurais, je
gage, fort peu de chose à faire pour le garder
constamment près de vous. — N'est-ce pas ?
petite sœur !

Le soir, Gaëtan fut très-étonné, lorsqu'il se
coucha, de trouver sa femme plus souffrante.

— Pauvre enfant ! pensa-t-il, elle n'est pas
rétablie, il faudra attendre les beaux jours.

Le surlendemain, au matin, le poste-piéton d'Ivry apportait au vicomte une lettre.

Madame la vicomtesse douairière de Maucombe mandait son fils pour affaires de famille.

Cette nouvelle, si peu importante par elle-même, fut comme un coup de foudre pour Noémi. — Elle changea de couleur, balbutia et éclata en sanglots.

— Mais, ma chère enfant, lui dit son mari, je serai de retour après-demain.

— Laisse-moi, je veux partir avec toi !

C'était la première fois que la jeune femme disait : Je veux.

Le vicomte, qui ne voyait dans ce désir impérieux qu'une fantaisie qui, selon lui, eût pu être nuisible à la santé de sa femme, refusa net.

— Écoute, mon ange, tu n'es pas raisonnable, le temps est trop mauvais, je te laisse avec Oscar qui est venu juste à point. Il te continuera les attentions qu'il a toujours eues pour toi, n'est-ce pas, Oscar ?

— Ma chère sœur n'en doute pas, je l'espère ? répondit l'impudent.

— Puis j'enverrai Maurice.

La jeune femme n'eut pas la force de rien objecter.

A deux heures, le même jour, Gaëtan partait.

Pourquoi le mal arrive-t-il dans le monde ? Pourquoi Dieu crée-t-il tel être avec sa prescience ? demandent quelques philosophes. Dieu sait que le mal arrivera ; mais aussi il a donné à l'homme son libre arbitre ; en outre, si la force matérielle a vaincu la faiblesse, il y a par delà la mort une vie à l'aurore de laquelle le crime est puni. — Cette raison nous paraît la meilleure réfutation que l'on puisse faire à ces faux savants qui s'indignent contre *la fatalité*, qui, selon eux, poursuit tel ou tel individu.

Comment, en effet, serait-il croyable qu'une âme d'élite, emprisonnée pendant vingt ou trente ans ou plus dans une enveloppe charnelle, fût en butte, par un concours de circonstances appelé hasard, à la passion insolite d'une âme dépravée, si au moment solennel de la rupture de ses liens mortels elle ne présageait une récompense sûre et éclatante !

Le fripon qui a volé toute sa vie, sans cependant enfreindre les lois ; le fripon frisant la correctionnelle, sans cependant se laisser flétrir par elle, aura donc tout gagné au dernier jour?

Ce fait monstrueux est impossible!

Souvent il advient qu'une pauvre perdrix, seule dans un champ, aperçoit bien haut dans l'air un faucon. — Elle pousse un cri d'alarme, puis se blottit dans un sillon et attend. Cependant l'oiseau de proie semble disparaître, la perdrix peu à peu recouvre son calme, ensuite elle se remet à chercher sa petite vie. Son ennemi ne l'a toutefois pas perdue de vue, il l'a laissée se rassurer par pure stratégie. — Quand son but est atteint, il décrit un nouveau circuit dans l'air, peu à peu resserre son cercle, et lorsqu'il voit sa proie entièrement sans défense, il fond sur elle comme un javelot lancé d'une main sûre, et l'enlève. L'inoffensive perdrix pousse un cri, mais il est trop tard.

Un accident identique arriva à la vicomtesse.

Le jour du départ de son mari et le lendemain jusqu'au soir, elle n'eut à souffrir aucune insolence de la part de son beau-frère. Nature facile à alarmer depuis qu'elle en avait vu tant, elle se trouvait également facile à rassurer.

— Mon Dieu! pensa-t-elle le lendemain au soir en faisant sa prière, avant de se mettre au lit, mes frayeurs étaient vaines! *Il* revient demain.

Un bon feu brillait dans la cheminée de sa petite chambre calfeutrée de toutes parts comme un nid. A moitié déshabillée, elle se chauffait, achevant les dernières pages d'un roman bien inoffensif. Elle lisait *l'Antiquaire* de Walter Scott.

La targette en cuivre qui fermait sa porte en dedans avait été soigneusement tirée. Pour plus de sûreté, la clef avait fait un double tour dans la serrure.

Dix heures sonnaient à la pendule. — La vicomtesse venait de lire le mot fin qu'on met au bout des livres. — Elle se leva, alla chercher un autre livre qu'elle posa sur sa table de nuit, installa sa lampe dont elle fit remonter l'huile, puis elle dégrafa son peignoir de flanelle. — Un léger craquement eut lieu du côté de la croisée. Mme de Maucombe n'avait pas peur des voleurs; elle n'y fit guère attention : d'ailleurs tout retomba dans le silence.

Avant de se mettre au lit, la jeune femme s'agenouilla devant une petite madone. Peut-être avait-elle oublié de prier pour Henrique sa

sœur. Le double rideau de la fenêtre s'agita
violemment. — Elle ne vit rien ; quand elle se
releva, elle était sous l'étreinte de l'homme
horrible auquel elle croyait avoir échappé.

Il étouffa jusqu'à la moindre plainte qui dut
sortir de la bouche de la trop à plaindre vic-
time .   .   .   .
.   .   .   .

Les rideaux ne remuèrent plus. Quand la
femme de chambre entra le lendemain matin
chez sa maîtresse, la targette en cuivre était
ôtée.

Au bruit que fit la porte en s'ouvrant,
Mme de Maucombe ne s'éveilla pas, — elle
n'avait pas dormi, — seulement elle rappro-
cha à la hâte son peignoir de flanelle pour se
couvrir, elle était appuyée la tête sur une
chaise.

— Je vous appellerai, Pauline.

La soubrette se retira sans savoir trop quoi
penser de ce désordre.

— Madame a été reprise de sa maladie, je
crois bien qu'elle a eu le délire, dit-elle lorsqu'elle se trouva avec les domestiques.

—Pauvre jeune femme! dirent les autres, que
peut-elle bien avoir! elle, si heureuse !

A neuf heures on sonna le déjeuner.

— Où donc est madame? demanda Oscar en entrant dans la salle à manger?

— Dans sa chambre. Elle paraît malade.

— Je vais la chercher.

Oscar entra. La vicomtesse était toujours à terre.

— Habillez-vous donc, madame! ne faites pas jaser vos gens.

Elle le regarda d'un air hébété.

— Allons! résignez-vous à votre sort, il sera plus doux que vous ne croyez.

— Infâme! sortez, je vais appeler!

— Bon! toujours des récriminations! Ma charmante, vous n'êtes pas raisonnable. Je vais moi-même vous servir de femme de chambre.

Oscar s'approcha d'elle.

— Tuez-moi! lui cria-t-elle, je suis aussi vile que vous!

J'aurais dû moi-même me donner la mort; Dieu m'eût pardonné!

— Noémi, vous vous calomniez. — Vous avez signé le plus charmant billet qu'une jolie femme puisse écrire!

Fascinée par le regard corrupteur de ce monstre, la pauvre femme s'habilla sans mot dire, subissant son martyre comme ces pau-

10.

vres filles dégradées qui, une fois le premier pas fait, vont toujours sans trop savoir pourquoi.

Lorsqu'elle parut au déjeuner, elle était affreusement pâle ; mais ses yeux étaient secs et son visage impassible.

Elle fut muette ! On lui remit deux lettres, une de sa mère, une autre de son mari. Mme Vaudricourt lui parlait d'une de ses amies de couvent qui allait se marier. « Cette Emma est si bonne, écrivait-elle en terminant, je souhaite que le mariage soit pour elle ce qu'il est pour toi, *une chaîne de fleurs !* J'espère que ta santé se rétablit et qu'aux beaux jours tu reviendras nous voir. Les *rosiers Noémi* que ton père a greffés font merveille. »

M. de Maucombe prévenait sa femme que son retour se trouvait différé de quelques jours. Elle verrait Maurice avant lui !

Peut-être l'a-t-on déjà deviné, le départ subit du vicomte pour Paris était une machination d'Oscar. Sa mère l'avait voulu charger de vendre une propriété qu'elle possédait à Colombes. Il comprit immédiatement le parti que sa passion pouvait en tirer ; aussi proosa-t-il son frère comme le plus capable pour s'occuper d'intérêts.

La douairière n'y mit aucun obstacle. Voilà pourquoi il se trouva seul à Ivry avec sa belle-sœur. Une fois le premier pas fait, se disait-il, le reste ira tout seul. Une femme qui faiblit, serait-ce même par surprise, n'a plus les mêmes raisons pour ne plus succomber. Ce précieux raisonnement ne pouvait se trouver justifié.

Les scènes d'insolences, de tortures ne cessaient toutefois pas.

Cet homme, qui avait violé les lois de l'honneur, qui avait souillé une femme pure de cœur et d'intention, était jaloux; surprenait-il sa victime lisant, il fermait le livre en lui disant qu'il ne s'étonnait plus de ses fausses pudeurs. Elle se passionnait, disait-il, pour l'auteur! Il lui interdit aussi d'écrire à ses parents.

Pauvre être abandonné de tous, elle ne regimbait plus. — Est-ce que je mérite toutes ces tortures? sanglotait-elle; qu'ai-je donc à expier, grand Dieu!

Maurice arriva. — Lui aussi cherchait sa victime. — Mais elle devait lui échapper. Un œil jaloux veillait sur elle. Le fils adoptif et

le beau-frère s'entendaient pour les tourments. Ce dernier machinait peut-être encor
un odieux complément à sa vengeance.

Seulement, si un soupçon traversa l'espri
de Maurice, il fut complétement désabusé pa
la politesse affectée d'Oscar à l'égard de la
pauvre Noémi.

Il songea qu'elle avait résisté à son beau
frère, et il se réjouit en pensant que ce tréso
lui serait vraisemblablement réservé un jour.

SUITE DU JOURNAL DE MADAME LA VICOMTESSE

GAÉTAN DE MAUCOMBE.

5 mars.

Je suis tombée dans l'abîme! Je voudrai
prier et je ne saurais le faire. Quelle affreus
destinée pèse sur moi! Je suis la plus misé
rable des femmes.

Cependant je l'aimais bien. — Son nom
à *lui*, je n'ose plus, je ne dois plus même l
prononcer.

8 mars, la nuit.

Les bourreaux n'insultent pas leur victime.
Il n'est pas d'outrages dont il ne m'abreuve !
Pourtant ! est-ce bien à lui de m'accabler ?
Sans cet homme je serais restée pure et je
serais heureuse.

10 mars.

J'ai reçu une lettre de mon Gaëtan, il arrive
demain !

Non ! je n'aurai pas la force de le revoir.
Où fuir ? où aller ?

11 mars, 3 heures.

Dans deux heures il sera ici. — Plus le moment approche, plus on m'observe. L'un cherche dans ma contenance à découvrir si je saurai soutenir le regard de mon mari outragé ;
l'autre attend ce moment avec impatience
pour redoubler ses familiarités et m'inti-
mider.

Gaëtan me chassera, me foulera aux pieds,
il en a le droit, et il aura raison ! Mais je lui
dirai tout, je m'humilierai, je me jetterai à ses

pieds en lui disant moi-même que je ne suis plus digne de son amour.

Il est bon, il est généreux, il me pardonnera ou du moins il ne me méprisera pas.

11 mars, la nuit.

Est-il une douleur comparable à la mienne ! J'ai pendant quelques minutes enduré les plus grandes tortures qu'il soit possible d'imaginer.

Les forces m'ont abandonnée ; je me suis jetée dans ses bras et je n'ai rien dit.

Il m'a couverte de baisers comme aux bons jours de notre amour, mon cœur a été brisé de toutes ses marques d'affection.

Comment ne s'est-il pas aperçu qu'il s'était depuis son absence, opéré un changement étrange dans moi ! Mes yeux, mes lèvres devaient mentir. Il m'a demandé si son absence m'avait paru longue ! J'ai dit *oui* bien haut ; alors je n'ai pas menti.

Mais il a ajouté. « As tu été bien contente d'avoir Oscar et Maurice ? » J'ai répondu oui

Ces deux êtres, plus vils que la boue avaient les yeux fixés sur moi : ils souriaient.

Quelques jours après.

Gaëtan m'aime plus que jamais. Je l'aime
t je ne puis le dire.

Mon Dieu ! faites cesser mon martyre !

Même date.

Pour la première fois depuis mes souffran-
es, j'ai souri ; et mon sourire a été sincère.
l venait du cœur.

J'ai senti que la mort m'avait marquée du
oigt.

Vous êtes grand dans vos miséricordes, ô
non Dieu ! vous mettez un terme à mon châ-
iment !

1er mai.

Quel joli mois pour les jeunes filles et pour
eux qui aiment !

Les cœurs naissent à l'espérance. — Pour
noi, mon espérance, c'est une fin prochaine.

J'ai surpris hier Gaëtan qui pleurait : il voit
non état. J'ai cherché à le rassurer ! Le rassurer ; moi qui souhaite et qui vois arriver à
grands pas le moment qu'il redoute !

Si quelque jour ma relation lui tombe entre les mains, il aura pitié de moi !

13 mai, au matin.

J'ai demandé à Gaëtan de retourner à Paris. Il s'en est étonné, la campagne est si belle !

Je n'ai pu lui donner la raison de ce caprice, je lui aurais fait trop de peine.

Je ne veux pas mourir dans cette maison maudite.

20 mai.

Nous partirons demain, il est temps !

La maladie de chagrin qui minait cette existence pleine de vie il y avait un an, était arrivée à son dernier période. Personne ne se faisait plus illusion. Le 20 mai, sur le midi, la vicomtesse, en peignoir blanc, était descendue au jardin ; assise dans un fauteuil, elle se chauffait au soleil.

Gaëtan allait et venait lui cueillant des violettes, lui apportant des riens pour la distraire.

— Si tu te promenais un peu, peut-être acquerrais-tu quelques forces? Tiens, voici Maurice, il va te donner le bras.

— Non! mon ami, reprit la jeune femme atterrée, je me sens trop faible pour marcher.

Maurice était arrivé à côté d'elle... Elle se leva machinalement pour l'éviter.

— C'est bien! essayer n'est pas force; si, au bout de quinze pas tu te sens fatiguée, je t'approcherai le fauteuil.

Maurice avait pris le bras de la malade. Elle n'osait s'appuyer et ses jambes flagcolaient.

— Ayez confiance, dit le jeune homme qui comprit cette répugnance, le Maurice d'aujourd'hui n'est pas le Maurice d'hier.

Habituée à la perfidie, la jeune femme ne comprenait pas.

— Vous doutez! Hélas! vous en avez le droit : j'ai tant de fois menti! Si seulement aujourd'hui vous pouviez me croire! Je vous ai outragée, j'ai rendu votre vie intolérable, je vous ai peut-être... mise dans cet état. Et c'est cet état terrible dans lequel je vous vois,

11

qui m'a fait rentrer en moi-même. J'ai hor
reur de moi. Je ne viens pas vous demande
pardon, on ne pardonne point tant d'infamie
je viens seulement vous dire d'avoir confianc
et de vous rassurer. Ce soir je ne serai plu
ici !

Noémi soupira ! Était-ce encore un piége ?

— Vous ne me croyez pas encore : je l'a
mérité. A ce soir !

Le soir, Maurice était loin.

— Maurice est parti, dit le vicomte, j
crains qu'il ne recommence ses fredaines.

— Non, repartit avec douceur la malade, j
présume qu'il est changé.

Le vicomte ne quittait plus sa femme
Oscar se trouvait ainsi sans occasions d'aiguil
lonner l'agonie de sa pauvre victime.

Cependant, il est bon de dire que l'état d
la malheureuse femme ne faisait aucune im
pression sur son cœur, ou plutôt il produi
sait l'effet contraire ; plus il la voyait faiblir
plus il sentait son acharnement s'accroître. I
eût voulu la fouler aux pieds et la faire râle
en l'insultant. Par un phénomène bizarre, son
amour s'était changé en haine profonde
inavouable et terrible. Puis, il avait horreur de
lui, et cette horreur le faisait s'enfoncer plus

avant dans cette abominable voie. Il avait deviné que plus il deviendrait hideux moins il le sentirait.

L'heure est venue !

Les médecins ont dit qu'elle s'éteindrait sans souffrances, en causant avec ses amis. Le médecin de la pauvre femme, quand elle était jeune fille, a été consulté. La science ne comprend rien à cette consomption. Aucun germe préexistant, aucune cause morale ne justifient les effets. La jeune fille était riche de santé, la vicomtesse est heureuse et l'avenir pour elle est si beau !

Mme de Maucombe est devenue un *sujet* fort curieux à étudier. Ils redoublent leurs visites pour constater des phénomènes inaperçus jusqu'alors... ils attendent la fin. — Peut-être demanderont-ils à faire l'autopsie. Evidemment, la science n'a qu'à y gagner ! Peut-être une année de souffrances, de tortures chez un même individu sauvera-t-elle, grâce à l'observation, toutes les générations à venir d'un mal délétère, inconnu ?

Plus la malade s'avançait vers la délivrance, plus le moment de la paix suprême approchait, plus son âme agitée par la tourmente redevenait calme et sereine. A de rares inter-

valles un rayon de la santé d'autrefois semblait éclairer ce visage pâle.

Lorsqu'on traverse plusieurs climats, les
quelques *marches* que parcourt le voyageur
avant d'entrer dans la ligne que nous appellerons la plénitude de la température, le prédis-
posent moralement et physiquement à cette
température. Il en était de même pour la
jeune femme mourante.

Elle ne regrettait certes pas la vie! Elle
voyait mieux par delà le grand passage!
Alitée à peu près depuis son retour à Paris,
elle ne craignait plus le présent, elle espérait.

Cependant, autour d'elle la passion tyran-
nique cherchait à toujours maintenir son cor-
don fatal. Maurice n'était plus là, il avait tenu
sa promesse ; mais Oscar veillait.

L'avare voleur accaparait les derniers moments de son trésor volé.

Rien du matériel n'a changé dans la chambre
où nous allons entrer. Ce sont bien les mêmes
meubles, les mêmes riens qu'il y a un an.

Toutefois, un changement inouï s'est opéré
depuis onze mois. L'atmosphère est tout
autre. La journée a beau être tiède et embau-
mée, l'air qui se joue dans les rideaux bleu ciel
est glacé.

Le lit a été tiré afin qu'on puisse l'entourer. Cinq personnes vivent, respirent et attendent. Une d'entre elles attend plus particulièrement et lève de temps en temps les yeux sur la porte ; elle a dix-neuf ans et un mois.

La jeune vicomtesse de Maucombe attend le prêtre et la Mort ; celle-ci fait déjà frissonner les courtines.

Le vicomte tient une des mains de la mourante qu'il baigne de ses larmes. De l'autre côté du lit, Mme Vaudricourt soutient la tête de sa fille.

Au pied du lit, fixant les yeux sur Noémi, se trouve Oscar de Maucombe.

La jeune femme est calme : elle sourit à son mari et à sa mère ; elle les console.

— Pourquoi pleurer ? leur dit-elle, je serai si heureuse là-haut ! Puis un jour vous viendrez me revoir. — Il est vrai que je ne croyais pas, il y a un an, mourir sitôt. Jamais je n'avais pensé à la mort. Aujourd'hui que je la vois, elle n'a rien d'effrayant.

— Noémi, tais-toi, tu nous brises le cœur !

— Eh bien, non ! je ne dirai plus rien, je veux moi-même vous consoler.— Vous m'avez tous deux tant aimée, et vous m'aimez encore, n'est-ce pas ? Dites-le, cela me fait du bien.

Les sanglots empêchèrent le mari et la mère de répondre ; ils confondirent leurs larmes en embrassant celle qui s'en allait si loin d'eux.

La mourante eut un frisson.

— Il ne viendra donc pas ! pourtant je ne peux pas mourir sans le voir. Gaëtan, mon Gaëtan, envoie-le donc encore chercher ?

Le vicomte dit à son frère d'y aller.

— J'y ai envoyé deux fois.

— Vas-y toi-même.

Gaëtan avait entraîné Oscar hors de la chambre.

— Mais, mon cher ! ne sais-tu pas que cette émotion que cause l'appareil religieux va l'enlever !

— Comment ! oses-tu bien te refuser au désir d'un mourant ! j'y vais moi-même. Mais, malheur à toi ! si je n'allais pas la retrouver.

C'était la première fois que le vicomte s'emportait contre son frère. La lucidité qui accompagne le mourant rayonnait-elle déjà sur lui !

Il s'élançait dans l'escalier, lorsqu'on le rappela. Il rentra dans l'appartement de sa femme.

— Mon Gaëtan, ne me quitte pas, mes moments sont comptés. Je voudrais être seule avec toi et ma mère.

Oscar et la garde-malade sortirent.

— Enfin! soupira la malade.

Que cet enfin renfermait de mondes! Il n'est plus là, lui! celui qui me tue!

— Je voudrais me mettre à genoux, mais ce n'est guère possible. Je vous demanderai pardon ici, comme cela, en tenant vos bonnes mains amies.

Pour faire le grand voyage on a besoin de pardon! Gaëtan, dis-moi que tu me pardonnes tout, mais tout! entends-tu? Bénis-moi. Tu ne peux pas me refuser cela! Je suis bien jeune, hélas! je t'ai tant offensé!

— Pauvre ange!

— Je t'en prie, ne dis pas ce mot, dis martyre!

— Tu souffres donc beaucoup?

— Non, mais je sens que je finis.

— Toi, mourir! non, jamais! ma bien-aimée! je saurai bien te sauver!

Et éperdu de douleur, le vicomte serra ce qui restait de sa femme entre ses bras.

Elle s'affaissa sur les oreillers. Le vicomte crut l'avoir tuée.

— Noémi, Noémi! réponds-moi, dis-moi que tu vis encore; c'est moi qui ai besoin que tu me bénisses.

La mourante ouvrit les yeux.

— Ce n'est rien, dit-elle, un peu d'émotion !
— Tu me pardonnes donc, mon Gaëtan ?

Avec un effort inouï elle passa son bras
sous les piles d'oreillers et en tira un livre et
une lettre.

— Gaëtan, voici mon testament ; ce livre
est une *Imitation*, il contient mon journal et
une lettre que tu liras seulement un mois
après ma mort. C'est une fantaisie ! que veux-
tu, promets-le-moi. Promets-moi aussi de ne
pas te séparer de ce livre et de ce qu'il contient avant d'avoir tout lu : peut-être aurait-on
intérêt à te les soustraire !

— Ma Noémi, explique-toi ; que veux-tu
dire ?

— Tu m'as promis.

La jeune femme tendit le front à son mari,
puis elle se tourna vers sa mère.

— Pardon à vous aussi, ma bonne mère,
vous m'avez rendue si heureuse ! Il y a à peine
un an que je vous ai quittée. Comme le temps
va vite ! Embrassez-moi et ne pleurez pas.

Elle se pencha à l'oreille de sa mère et lui
dit tout bas :

— Vous consolerez Gaëtan, et mon père !
mon pauvre père ! Je suis sûre qu'il pleurera

beaucoup ; c'est le premier chagrin que je lui aurai causé de ma vie !

La parole de la mourante allait en s'affaiblissant.

— Gaëtan, je te charge d'un baiser pour Henrique.

Pauvre femme, sur le seuil de la mort elle faisait encore des combinaisons pour réunir ceux qu'elle aimait. Gaëtan irait voir Henrique et se retrouverait avec son père et sa mère.

La porte s'était ouverte : Oscar et les autres, plus un nouveau venu, étaient debout, derrière la portière en soie bleue.

— Pardonnez-moi tous, dit Noémi en rendant sa voix aussi claire que possible.

— C'est à vous de nous pardonner et de nous bénir, dit une voix.

L'homme qui avait prononcé ces mots était tombé à genoux et pleurait.

Noémi reconnut Maurice.

Un éclair de bonheur illumina ses yeux. Elle lui fit un signe : il approcha du lit.

Elle lui tendit la main, qu'il baisa. La main commençait à se glacer, elle se leva, puis retomba sur la tête du jeune homme comme une absolution.

Un instant de silence se fit.

— Mon Dieu ! dit-elle enfin, j'aurais bien voulu que vous me visitiez avant de paraître devant vous ; mais vous savez si mon désir de mourir purifiée est intense.

Elle leva les yeux vers la porte.

— Puisse cet immense désir de régénération être pour moi un nouveau baptême !

Ses yeux se voilèrent.

— Déjà ! dit-elle.

Le prêtre entra.

Elle voulut parler à l'homme de Dieu, mais elle n'en eut pas la force ; seulement elle répondit à ce qu'il lui demanda par des signes.

Le prêtre récita une prière et étendit sa main.

Avec les derniers mots de la prière, la tête qu'elle avait inclinée sous la bénédiction retomba lourde sur l'oreiller. Les yeux étaient ouverts et deux larmes coulaient.

L'instant d'après une petite main se souleva et fit un signe d'adieu à ceux qui étaient là.

La vicomtesse était morte !

Une douleur indicible s'empara du cœur du vicomte. Mme Vaudricourt lui proposa de l'emmener avec elle.

— Venez avec nous, nous parlerons de la chère défunte.

Gaëtan fit un signe de tête négatif.

— J'ai besoin de la voir tous les jours pendant quelque temps, soupira-t-il. J'irai plus tard.

En effet, pendant un mois, les gardiens du Père-Lachaise remarquèrent chaque jour, à la même heure, un homme à moustaches blanches qui s'égarait à travers les tombes. Une heure, quelquefois une heure et demie après, on le voyait sortir.

L'un de ces hommes le suivit un jour, et il lut sur la tombe : Vicomtesse de Maucombe.

— Ça ne se voit pas souvent, dit-il en s'en retournant, un vicomte ou un marquis rendre visite aux morts.

Comme si la douleur avait une caste, une hiérarchie?

Si ces réflexions du peuple sont souvent très-judicieuses, qu'elles sont parfois ineptes! à qui la faute : à une demi-instruction donnée à des esprits qui se laissent souvent surprendre par les apparences. Cette demi-instruction, pire cent fois qu'une rusticité complète, jointe à la lecture malsaine des feuilles infectes, déprave les esprits faux et inquiets, fausse les autres et produit ces anomalies, ces énormes sottises qui font déblatérer les uns, sourire de pitié les autres, et sont en résumé les causes petites de grandes catastrophes.

Le chagrin de Gaëtan, expansif au début, devint peu à peu morne, solitaire.

Les paroles énigmatiques de sa chère Noémi : « N'ouvrez cette lettre qu'un mois après ma mort » tintaient à ses oreilles. Le terme approchait, il devenait sombre.

Oscar ne fréquentait plus la maison comme par le passé. Gaëtan ne s'en plaignait pas, il désirait être seul. Des mille idées qui s'entrechoquaient dans son cerveau au sujet de cette lettre, y en avait-il une qui le prédisposât à ce qui devait arriver ?

La nuit qui précéda le moment fixé pour l'éclaircissement du mystère, le vicomte ne dormit pas.

Le 20 juillet, après son déjeuner, M. de Maucombe s'enferma dans sa chambre et défendit qu'on le dérangeât.

Il s'approcha d'une table, s'assit, tourna la tête à droite et à gauche, comme un voleur qui cherche à s'assurer s'il est bien seul. Ensuite, il retira de sa poche le petit paquet mystérieux. Ce paquet contenait, ainsi que nous le savons, l'*Imitation* dont se servait sa femme. Le livre était dans un étui en velours bleu ciel ; dans l'étui se trouvaient des papiers. Ces papiers étaient la dernière lettre qu'avait écrite la vicomtesse, et son journal dont nous avons donné quelques fragments.

Le vicomte tremblait, son visage était pâle. Il laissa de côté le journal et s'empara de la lettre qui était cachetée à part et portait en suscription : « A Gaëtan, mon testament. »

Le cachet fut brisé et il lut.

Il éprouvait le même tremblement, la même émotion vertigineuse qui doit assaillir l'accusé qui, voyant rentrer la cour en séance, attend un verdict d'acquittement ou sa condamnation.

La mourante avait, par un de ces tacts délicats qui n'appartiennent qu'aux femmes, essayé des transitions jusque dans la foudroyante révélation qu'elle faisait à son mari. Elle parlait de son amour profond pour celui à qui elle avait uni sa destinée ; des douces attentions et bontés de ce dernier. Puis la pauvre femme s'accusa. De quoi ? — De ne pas avoir voulu troubler la sérénité de l'atmosphère dans laquelle vivait ce mari tant aimé. Elle s'accusait de faiblesse !

« D'ailleurs tu ne m'aurais pas crue, écrivait-elle avec une encre blanche mêlée à ses

larmes ; puis, j'espérais tout de la miséricorde
de Dieu. Il ne l'a pas voulu ! Que sa volonté
soit faite ! »

Comme cette lettre avait été écrite peu de
jours avant sa mort, elle rappelait avec attendrissement la conversion de Maurice. « Par-
donne-lui, disait-elle, il a reconnu sa faute.
Son retour au bien a été pour moi un baume
consolateur ! Hélas ! mon cœur était trop ulcéré, il ne devait pas guérir ! »

A mesure que le vicomte lisait ces terribles
mémoires, ses traits, déjà pâles et bouleversés,
devenaient livides.

A un moment l'écume lui vint à la bouche.
Cependant il ne proférait aucune parole, il lisait ! la lettre était longue ! il dévorait cette relation de la martyre.

Noémi était-elle justifiée dans son cœur?
D'une main il tenait son front. Quand il retira
cette main elle était littéralement baignée de
sueur.

La pauvre femme, après avoir rappelé à
Gaëtan son père et sa chère sœur, après avoir
donné à cette dernière ses bijoux et les écrins
qui lui avaient servi, elle ajoutait :

« A l'heure où tu liras cette lettre, Dieu
m'aura jugée ! Je pardonne à celui qui m'a

fait mourir de douleur, comme j'espère que
Celui qui est la source de toute justice et de
toute miséricorde me pardonnera.

« Pour toi, je m'incline et j'attends ! Si ta
bouche prononce ce doux mot de pardon, je
ne doute pas que là où je serai, je n'en tres-
saille de joie !

« Ne t'étonne pas si j'ai désiré qu'un mois
s'écoulât entre ma mort et cette triste révélation. Ma pauvre âme timide a voulu qu'un
mois durant après que la terre m'aurait en-
gloutie, mon souvenir te fût doux !

« Hélas ! c'est encore une faiblesse. En outre, pendant ce temps, tu auras prié pour moi,
et j'avais besoin de prières.

« Tandis qu'à l'heure qu'il est, ta malédiction !... — O Gaëtan ! si tu savais comme ce
mot m'a coûté de peine à écrire ! quand j'y
pense, mon cœur se glace ! Est-ce que la malédiction de celui qu'on adore peut être effacée
par quoi que ce soit au delà de la tombe !

« Si cependant ce mot est prononcé, il re-
muera mes os et je continuerai à expier là où
les âmes se reposent.

« Je finis, mon Gaëtan, âme de ma vie, tu
sais toutes les tortures que j'ai endurées. Mon

malheur fut bien grand, mais j'ai tant souffert et je meurs pour toi. »

Un déluge de larmes avait presque effacé
ces derniers mots.

Le vicomte avait toujours les yeux fixés sur
le papier, il semblait lire. Toutefois, il ne lisait pas, il n'y avait rien d'écrit.

Que se passait-il dans cette âme orgueilleuse, aimante et confiante?

Les derniers liens d'amour qui l'unissaient
à Noémi se brisaient-ils sans retour?

Il passa un long temps de la sorte.

Alors, sans que ses yeux quittassent le papier, il saisit la lettre avec frénésie, la porta à
ses lèvres.

« Pauvre âme! s'écria-t-il, quelle longue
agonie tu as soufferte! Ce n'est pas à toi de
demander pardon ni à moi de prier. Chère
âme! de la sphère de lumière dans laquelle tu
te trouves, veille sur moi! »

Le vicomte plia la lettre avec soin et la remit sur son cœur.

Ensuite, il commença le journal, récit des
souffrances de sa Noémi, jour par jour, heure
par heure, seconde par seconde.

Il comprit les douleurs que lui-même lui
avait fait endurer sans le savoir.

Il lut et relut ce drame sitôt commencé, et dont la fin avait été si terrible. Il revit son frère épiant la victime jusque sur son lit de mort ; la séquestrant, pour ainsi dire, la privant de la consolation des mourants de peur qu'elle ne le compromît par un aveu : et cet infâme suborneur jouissait de son crime en toute sécurité. — La victime avait emporté le secret.

De Maucombe bondit sur son fauteuil à cette pensée. Pourtant, il se rassit et songea. — Plusieurs fois il relut le journal.

— Elle a écrit cela ! pensa-t-il ; elle l'a souffert ! Pourquoi ne m'inoculerai-je pas un peu de ses souffrances ?

Il était cinq heures du soir lorsqu'il sortit de sa chambre. Il était calme. On eût pu croire que depuis son déjeuner il avait fait une longue sieste.

Quelques jours après cette journée si remplie pour le vicomte, son frère vint l'avertir de son prochain départ pour Bade.

— Comment ! tu vas aux eaux cette année ? lui répondit le vicomte en souriant, je croyais que tu avais renoncé à courir le monde ?

— Mon cher Gaëtan ! on a beau chasser le naturel, il revient au galop. Mais, pour te

prouver ma sagesse, je viens te prier de venir
avec moi. Tu seras là pour m'avertir si je venais à faire des folies. — Rien ne te retient
plus à Paris.

— C'est vrai! soupira le vicomte; cependant,
non! reprit-il, ma présence est nécessaire ici.

— Des chansons!

— Ne ris pas, Oscar!

— En vérité, tu as l'air sérieux; au fait! —
écoute-moi, mon cher, il faut te distraire, autrement tu tomberais malade. Je comprends
bien tes sujets de chagrin! Hélas! — Mais
elle, elle est heureuse, tu as fait, nous avons
fait, tout ce qu'il était possible de faire pour la
sauver. Que veux-tu, cher Gaëtan, quand la
mort est là...

Le vicomte, qui était assis au commencement de la conversation, s'était subitement
levé et ses poings étaient crispés.

Oscar crut à un accès de douleur. Il attendit.
Son frère était de nouveau impassible.

— Tu viendras, n'est-ce pas, frère?

— Non, il faut que je reste, je te l'ai dit.

— Mais, enfin, pourquoi faire?

— Veux-tu le savoir? Pour t'envoyer de
l'argent si le *trente* et *quarante* ne se montre
pas gentilhomme envers toi.

La dernière intonation de Gaëtan était sombre, Oscar le remarqua ; mais tout aussitôt il reprit.

— Tu es toujours bon !

— A propos, lui dit négligemment son frère, puisque tu pars, viens déjeuner demain, en tête-à-tête, avec moi. Tu sais combien j'aime la famille. Maurice n'est pas souvent ici.

— A demain, l'on m'attend.

— J'ai un caprice, Oscar, je ne veux pas déjeuner ici, trouve-toi chez Ledoyen, aux Champs-Élysées, à onze heures.

— J'y serai.

Oscar sortit.

A onze heures sonnant, le lendemain, Oscar de Maucombe entrait dans l'un des cabinets particuliers du restaurant indiqué.

Son frère, depuis longtemps arrivé, l'attendait.

Le déjeuner fut presque gai. Gaëtan causa de tout sans préoccupation apparente.

Lorsqu'ils en furent au café et aux cigares, le vicomte dit à son frère :

— Je vais te conter une petite anecdote scandaleuse qui, je crois, ne fera pas mal dans ta collection. Tu la colporteras dans les cer-

cles, dans les salons, et l'on t'écoutera, je
crois, avec plaisir, si tu remplaces les initiales
par les noms propres.

— Ah! charmant! après, je t'en dirai une
toute récente sur Mme G..., tu sais, la femme
du petit agent de change. Ah! mon cher, elle
est bien bonne!

— Tout à l'heure, quand je t'aurai détaillé
la mienne. Le vicomte se leva et mit le verrou
à la porte.

— Diable! on dirait que tu es seul avec une
belle?

— Non! je déjeune avec un gentilhomme.
Le vicomte se rassit.

Il tira de sa poche une large enveloppe.

— C'est un peu long, paraît-il.

— Oui! assez.

— Je t'écoute! j'ai hâte d'apprendre ce nouveau scandale.

Gaëtan de Maucombe déplia une lettre et
lut :

« Ceci est mon testament, mon cher Gaëtan. »
Oscar laissa tomber son cigare, il crut qu'il
rêvait. Le vicomte ne leva pas les yeux, il continua. Il était arrivé au milieu de la lettre
quand il entendit un bruit. Son frère poussait
la table afin de s'approcher de la porte.

— L'histoire n'est pas encore finie, écoute.

Il allait poursuivre sa lecture quand Oscar se leva brusquement pour sortir.

Gaëtan lui saisit le bras et le fit rasseoir. Enfin la lettre termina. La vicomte prit le journal.

— Grâce! murmura le lâche qui ne songeait pas même à se disculper.

— Je ne vous ferai pas grâce d'une ligne, monsieur le gentilhomme.

Oscar profita du moment où son frère allait poursuivre pour se saisir du papier.

— Elle m'a calomnié! s'écria-t-il d'une voix chevrotante.

— Qui, *elle !* reprit le vicomte en maîtrisant l'énergumène! assieds-toi, j'ai bientôt fini.

Quand la lecture fut terminée, le vicomte s'approcha de son frère, ce frère qu'il avait tant aimé.

— A genoux!

— Gaëtan, tu es fou! j'ai pitié de toi.

— A genoux ! te dis-je.

Le suborneur se prit à rire.

Le vicomte appuya sa main sur ses épaules, il tomba à genoux.

— Tu vas demander pardon à la sainte que tu as outragée.

La lâcheté et le cynisme se disputaient l'âme vile de l'infâme. Le cynisme l'emporta.

— Demander pardon! jamais! Si je voulais parler, les rôles changeraient peut-être. — Laissons dormir les morts!

Le vicomte, si calme, n'y tint plus.

Sur un divan, près du rideau, se trouvaient deux pistolets que n'avait pas aperçus Oscar.

Celui-ci sentit le fer glacé sur son front. La frayeur lui fit fermer les yeux, il tomba le visage par terre.

— Lâche! relève-toi et prends de la force.

Machinalement, l'accusé se releva.

Gaëtan versa un verre d'eau-de-vie et le lui présenta.

— Comme aux condamnés à mort, dit-il, qui ont besoin de force pour gravir les degrés de l'échafaud. Ils ont été bien braves pour assassiner ou voler; mais ils sont trop faibles pour mourir! — Bois!

Oscar détourna la tête.

— Trempes-y au moins tes lèvres! car tu vas être victime et bourreau.

De Maucombe tira sa montre.

— Dans trois minutes, tu te seras fait sauter la cervelle!

Remarquant l'air hébété, l'œil fixe de cet

homme qui n'existait plus pour lui, il haussa les épaules.

— Un peu de courage, Oscar de Maucombe ! lui dit-il d'une voix tonnante. Voici...

Il arma un des pistolets, vérifia l'amorce, mit la crosse dans la main de son frère.

— Voici où il faut que tu tires.

Et il dirigea lui-même le canon sur la tempe d'Oscar.

— Mais c'est un assassinat ! s'écria enfin l'être qu'engourdissait la peur.

— Non, ce sera un suicide ! Je sors ! quand ce sera fini, je rentrerai.

M. de Maucombe sortit de ce cabinet, dont il referma la porte et resta sur le seuil, attendant. Un frère attendant que son frère se donnât la mort ! La vengeance et l'expiation étaient terribles. — Se trouvaient-elles seulement à la hauteur du crime ?

Le vicomte n'eut pas conscience du temps qu'il demeura dans l'attente.

Lorsqu'il rentra, la fenêtre était ouverte, les deux pistolets chargés se trouvaient sur la table. Oscar de Maucombe avait fui !

L'été suivant la *Gazette de Cologne* raconta un fait singulier.

Un touriste français, qui occupait un logement au rez-de-chaussée, ne remarqua pas, un jour en rentrant, un chien, à l'œil injecté de sang et la bave à la bouche, qui rôdait près de sa demeure.

A peine l'étranger avait-il fermé sa porte qu'il se sentit mordre. — Le chien s'était précipité dans l'appartement. Il poussa un cri et vit l'animal. Alors l'imminence du danger qu'il courait paralysa un instant ses facultés : il ne put ouvrir la porte.

Éperdu, sans conscience de ce qu'il faisait, il tenta de lutter contre la bête qui, devenue furieuse, renouvela ses morsures.

Après quelques minutes d'un duel affreux et muet, l'homme se précipita vers la croisée, en brisa les carreaux ; puis, meurtri, sanglant, il tomba dans la rue.

Cet homme était Oscar de Maucombe.

Lorsqu'on le releva, il aperçut Maurice :

— Damnation ! s'écria-t-il, j'expie !

Le jeune homme le regarda d'une œil impassible.

Quarante jours après cet accident, le frère de Gaëtan succombait dans un accès d'hydrophobie virulente.

La douairière de Maucombe est morte. Le vicomte a mis tous ses biens sur la tête de

Henrique Vaudricourt, la sœur de sa Noémi.

A l'heure qu'il est, il n'y a plus de vicomte. Celui qui en portait le titre est frère C..., à la Grande-Chartreuse.

Mars 1865.

UN

CŒUR DE CRÉOLE

UN

COEUR DE CRÉOLE

I

L'Opéra venait de finir. — Une douzaine
de jeunes gens à qui le monde a donné le nom
de gandins, stationnaient dans la galerie de
l'Horloge. Ils attendaient quelqu'un et passaient le temps à lorgner les femmes, auxquelles, en prenant des airs de mannequins
de la Belle-Jardinière, ils donnaient le nom
de *duchesses*. Celui qu'ils attendaient était
Georges de Villiers, leur chef en parties fines,
jeune vieillard à midi, roué de vingt-huit à
trente ans aux bougies. — Au demeurant,
charmant homme du monde qui, plus d'une

12.

fois, avait reçu les avances de jeunes et jolies
filles, auxquelles leurs mères avaient fait la
leçon, en leur vantant le jeune comte et sa fortune, courte préface de superbes *espérances*.
Georges avait été et était encore fort à la mode.
Succès vrais ou prétendus auprès des femmes
du monde, toujours est-il qu'on en parlait
dans les salons et dans les cercles. — Quant
aux hétaïres qui remplissent le théâtre et qui
vont minauder aux bois, les plus en renom
avaient été vues dans le coupé aux armes du
comte.

Or, Georges, qu'attendait la joyeuse compagnie dont nous avons parlé, donnait ce soir-
là un souper au Café de Paris. — Ce souper,
que le comte offrait à ses compagnons de plaisir, n'était pas un adieu à la vie de garçon;
— comme on eût pu le croire, car M. le
comte de Villiers allait se marier, — c'était
une *trêve*, ainsi que le portaient les invita-
tions.

Comment se faisait-il que l'amphitryon se
fît attendre ? On l'avait aperçu un instant au
foyer de l'Opéra. Ce retard surprenait d'autant plus, que le comte était d'une exactitude
scrupuleuse, lorsqu'il ne s'agissait pas de rendez-vous féminins ; car, au sujet des femmes,

l s'était fait un système que beaucoup dépré-
cieront sans doute, surtout les intéressées,
mais dont certes, on ne contestera pas le bon
côté. Il considérait les femmes comme des
enfants, et ne les aimait pas. — Il s'en servait parce qu'elles l'amusaient ; au reste, tant
qu'il se trouvait avec elles, il était de parfaite
compagnie, de manière à les faire facilement
tomber dans ses filets. — En un mot, au dire
de ceux qui le fréquentaient, il était *très-fort*.
Nous ne parlerons pas de son extérieur : son
portrait sera fait lorsqu'on dira qu'il était un
de ces types rares de distinction et de bon
ton ; et qu'une des causes qui l'avaient indigné contre le sexe qu'on appelle faible,
mais que nous nommerons fort, était de voir
les miracles de beauté se passionner pour des
bossus, des bancals et des figures qui, selon
lui, n'étaient que des mascarons gothiques
créés pour servir de *repoussoirs*. On pourra
conclure de cela : qu'il n'était pas dif-
forme.

Dans la soirée, Georges était allé au foyer
des artistes de l'Opéra, voir Léonie qui, ce
soir-là, avait eu un prodigieux succès dans
l'Etoile de Messine ; puis il s'était fait conduire
chez lui, rue de Provence. Lorsqu'il entra, son

domestique lui remit une lettre de la Guadeloupe, dans laquelle on se plaignait qu'il
n'eût pas répondu aux lettres successives
qu'on lui avait écrites, et que les conseils
qu'on avait jugé à propos de lui donner, au
sujet d'une certaine femme qu'on ne nommait
plus, avaient été dictés par l'amitié.

Le comte était on ne peut plus surpris ;
car, depuis dix-huit ans qu'il était de retour
des colonies, à part deux ou trois lettres qu'il
avait écrites, il n'avait conservé aucun rapport
avec les personnes qu'il y avait laissées, et
n'avait entendu parler d'aucune lettre.

Il consulta de nouveau la suscription, mais
la lettre lui était en réalité bien adressée ;
d'ailleurs, elle était signée de son oncle. Il
chercha dans ses souvenirs, mais en vain. Cet
avertissement devenait une énigme. — Une
heure se passa à conjecturer ce que pouvait
signifier ce message incohérent ; sa pendule
sonna minuit. — Son coupé était toujours
attelé. — Il indiqua au laquais le *Café de Paris*
et partit.

Fatigués de l'attendre, les jeunes gens
étaient montés dans un des salons du café.

— Cher comte, dit un des intimes en l'a-
percevant, nous te pardonnons ton retard à

cause de la circonstance. — Un homme comme toi, a, sur le point où tu en es, bien des affaires à régler, bien des cœurs à apaiser.

— Mes amis, répliqua le comte, soupons, et après nous causerons ; pour l'instant, j'ai très-faim, et nous devons réparer le temps perdu.

Tous les amis étaient très-probablement du même avis, car, pendant le premier service, on parla fort peu. Enfin, d'une voix d'ensemble, ils dirent à l'amphitryon :

— Eh bien, l'idée d'un lien unique assombrirait-elle ton esprit ?

— Certes, ce n'est pas à croire, ajouta un jeune baron qui avait fait un mois la cour à la femme que Georges allait épouser, puisque notre ami commun a été adoré d'abord par sa future, et qu'elle a si bien conquis son cœur, que lui-même a manqué notre fameux dîner du *Café anglais*, parce qu'il savait qu'elle allait au bois.

— La belle promise, hasarda un autre, aurait-elle manifesté un désir que tu n'aurais pu satisfaire ?

— Messieurs, vous n'y êtes pas, répondit

Georges de Villiers. — Je suis préoccupé, intrigué, voilà le fait.

— Intrigué! répétèrent les convives. Georges de Villiers intrigué, lorsqu'encore, de sa vie, il n'a conjugué le verbe qu'activement.

— Eh bien, oui, repartit le viveur, il y a commencement pour tout.

Et il conta l'anecdote de la lettre.

— Belle histoire que cela! Ton oncle t'écrit, ne te nomme pas même la femme, parle de lettres auxquelles tu n'as pas répondu et que tu n'as pas reçues. Je m'étonne que toi, bel-esprit que les soucis n'ont jamais visité, tu t'y arrêtes un seul instant. Décidément, ajouta le jeune baron, tu te fais vieux; allons, ne songe plus à cela.

— Pardieu! dit Georges, je n'y pense déjà plus; mais je remarque que nous sommes treize à table!

— Bon! voilà le comble! serais-tu superstitieux?

— En tout cas, ce serait la première fois, répondit Georges; mes amis, à votre santé!

Là-dessus il vida son verre et fut imité.

Cependant, on put remarquer qu'il était soucieux.

— Pour que cette lettre eût quelque valeur à tes yeux, lui dit le baron D..., il faudrait qu'elle fût liée à quelque aventure lors de ton séjour aux colonies.

— Il va sans dire qu'à la Guadeloupe, comme à Paris, tu as toujours été le beau Georges. J'ai ouï dire qu'une certaine Fanny avait été très-avancée dans tes bonnes grâces, et les méchants ajoutent que cette passion a fait un instant époque dans ta vie.

— Voyons, dirent les jeunes gens, puisque cette femme est oubliée, comme bien d'autres, fais-nous un peu l'historique de cette grande passion éclose sous les orangers, comme écrivait Mᵐᵉ Desbordes-Valmore.

— En vérité, messieurs, il est heureux pour Fanny, — je mettrai toujours trois étoiles, — il est heureux, dis-je, que vous vous soyez souvenus de cette jeune créole à laquelle je ne pensais plus, et dont j'aurai, probablement, prononcé le nom en soupant.

— Mais sur laquelle nous n'avons jamais eu le moindre détail, interrompit quelqu'un.

— Si vous y tenez, je puis bien satisfaire votre curiosité, si toutefois elle a jamais été éveillée.

Les jeunes gens, qui avaient entendu parler

vaguement de cet épisode de la vie du comte, et qui, dans les quelques paroles déjà
échangées, avaient cru voir un fait mystérieux, prêtèrent une scrupuleuse attention.

Chacun s'étant, je ne dirai pas mouché,
comme après l'*Ave Maria* d'un sermon, mais
versé du vin, afin de ne point interrompre la
narration, M. de Villiers commença :

A l'âge de dix-sept ans, je fus envoyé à la
Guadeloupe. Mon père, qui avait déjà eu vent
de plusieurs de mes fredaines à Paris et dans
certaines villes de France, avait résolu de me
faire voyager ; il espérait que les voyages, —
et je vous laisse à penser s'il a eu raison, —
mûriraient mon esprit. Mon oncle Gaston qui,
à la Révolution, avait complétement perdu sa
légitime, déjà considérablement ébréchée, —
était allé s'établir aux colonies ; ce fut à lui
que m'adressa mon père. Il ne me fut pas
difficile de me faire aux coutumes des
créoles.

Les habitudes quasi orientales qui règnent
dans ces pays me convenaient parfaitement.

Comme la chaleur est assez forte dans la
journée, on ne sort guère que le soir. J'allais
donc, vers les sept heures, à la promenade
dans un petit bois situé à un kilomètre de la

ville. — C'était là que se rendaient, d'ordi
naire, les jeunes créoles accompagnées de
leurs parents ou suivies de quelques esclaves.

Chaque jour je rencontrais une fille à
laquelle vous eussiez donné vingt ans, et qui,
en réalité, n'en avait que seize. De longs cheveux noirs abondants, un visage blanc mat
éclairé par des yeux bronzés ; voilà son portrait. Sa taille moyenne n'était point fine
comme celle de nos Françaises ; mais elle
portait bien son buste riche de formes.

Je voyais souvent passer des femmes beaucoup plus belles ; mais ce qui rendait cette
jeune fille piquante c'étaient ses yeux qui, à
l'encontre de ceux de ses compatriotes, expri-
maient quelque chose à quelque moment
qu'on les regardât. Fanny était quelquefois
accompagnée d'un vieillard qui l'appelait mon
enfant ; d'autres fois elle était suivie d'une
négresse, qui, paraît-il, l'avait élevée ; pour
éviter une peine à sa jeune maîtresse, cette
femme eût, comme l'on dit, marché dans le
feu. Maïa était une cerbère, et je n'avais pas
de gâteau de miel pour lui jeter.

Autant les nègres sont d'un facile accès pour
de l'argent lorsqu'ils n'ont pas la bêtise de
s'attacher à leurs maîtres, autant ceux qui s'y

attachent sont invulnérables de ce côté. Et je
dois vous avouer que plus d'une fois, j'ai re-
gretté la conscience tant soit peu élastique de
nos dorines de Paris.

J'avais un moyen de parler à Fanny, c'était
de me faire présenter chez elle ; mais il fallait
un prétexte, et comme elle n'allait pas, ou fort
peu, dans le monde malgré sa fortune, ce prétexte ne pouvait être que le mariage. Or, alors,
j'avais peu de goût pour cet état bourgeois. Il
fallait donc m'en tenir à la diplomatie. Je ha-
sardai des bouquets et des lettres ; mais je
n'obtins ni réponse ni œillade. Un long temps
se passa de la sorte, et je finis par me dire :
Ou cette jeune fille n'a rien reçu de ma part,
ou elle est plus habile que moi. Le hasard
hâta plus mes affaires en deux heures que mes
combinaisons, méditées le matin et mises à
exécution le soir, n'avaient fait pendant trois
mois.

Un soir que Fanny était à la promenade avec
Maïa, il survint un de ces orages que j'appellerai indigènes, et que nous ne pouvons soupçonner. L'atmosphère avait été fort lourde
toute la journée ; toutefois on ne pouvait pré-
voir l'orage si prochain.

Tout à coup de larges gouttes d'eau vinrent

détremper la terre, et, en moins de dix minutes, les chemins furent impraticables. L'orage grondait de tous côtés, le ciel était en feu, la respiration devenait difficile ; de violent coups de tonnerre éclataient autour de nous ! on ne pouvait songer à regagner la ville. Les promeneurs furent forcés de se réfugier dans le bois ; encore là l'abri n'était-il pas sûr.

Maïa cherchait autant que possible à abriter sa maîtresse avec son parasol : la robe blanche de Fanny était trempée.

Je ne suis pourtant pas poétique, toutefois je la trouvais charmante ainsi.

Je m'approchai de Maïa et je lui fis comprendre que plus avant dans le bois, il y avait une case habitée par des nègres qui travaillaient à mes plantations, et que là certainement nous trouverions un abri sûr. La négresse parut consulter la jeune fille ; elle lui dit quelques mots dans un patois que je ne parvins pas à comprendre, puis elle me répondit que sa maîtresse me remerciait, mais qu'elle n'acceptait pas.

Cette Maïa me devenait antipathique. M'adressant à Fanny, je lui renouvelai mes offres : la jeune créole interrogea du regard sa nourrice et d'un geste mutin lui montra ses épau-

les. La négresse arracha un fichu qu'elle portait à son cou, ce qui le mit à nu, et en couvrit
les épaules de Fanny. Au même instant, un
violent coup de tonnerre, répercuté par les
clairières du bois, éclata sur nos têtes, et nous
vîmes une boule de feu effleurer le corps de
deux nègres occupés à couper des branches
pour construire une cabane. Les deux nègres
tombèrent. Alors Maïa me demanda si la case
était loin.

La case eût-elle été à la Jamaïque que
j'eusse dit qu'elle était tout près ; le fait est
qu'elle se trouvait à une très-courte distance.
Seulement, masquée par les taillis, elle ne
pouvait être aperçue de l'endroit où nous nous
trouvions. Sans attendre l'assentiment de la
vieille négresse, je pris le bras de Fanny et je
les conduisis à la hutte.

Les nègres, qui me reconnurent, nous don-
nèrent immédiatement abri.

J'échangeai alors quelques paroles banales
avec Fanny ; mais je ne pouvais la regarder
une seule fois sans rencontrer le regard mé-
fiant de sa suivante. L'orage s'apaisait ; cependant comme la pluie tombait toujours, j'en-
voyai des nègres chercher un palanquin à la
ville. Fanny me remercia du regard, et ce re-

gard fut si étrange, si profond que je tombai encore dans la perplexité de savoir si elle était une coquette consommée, ou si réellement elle n'était pas forte. L'avenir me démontra que les femmes de ces pays sont de vrais enfants auprès de nos Parisiennes.

Les esclaves ne tardèrent pas à arriver, Fanny monta dans le palanquin ; je ne l'accompagnai pas, seulement le lendemain je me présentai chez elle sous le prétexte de savoir si l'émotion de la veille ne l'avait pas rendue malade. J'eus alors à faire la connaissance du vieux, qui n'était autre qu'un tuteur, espèce de Bartholo quinteux, s'occupant plus de ses plantations que de sa pupille. Ma visite ne lui parut pas extraordinaire. Pour Fanny, elle me reçut comme reçoit un cousin la jeune fille qui sort de pension. Me voyant si bien accueilli, je voulus avoir les avantages de ce *tant désiré* des jeunes filles. Je renouvelai mes visites comme l'eût fait un amoureux en forme. Je dois avouer que j'étais presque amoureux des beaux yeux de Fanny.

Maïa aurait bien voulu m'expulser, mais elle avait deux sentiments à combattre, la haine et l'amour ; la haine pour moi, l'amour pour son enfant. Elle devinait où je voulais en ve-

nir; d'un autre côté elle avait grand'peur de
causer quelque peine à cette enfant. Malgré
son active surveillance, je parvins à obtenir
des entrevues avec sa maîtresse. J'avais enfin
la certitude d'être aimé de Fanny. En créole
bien apprise, elle tombait dans des langueurs
et jouait, sans trop s'en douter, le rôle de sen-
sitive. Elle eût bien, je crois, passé un an de la
sorte à écouter des compliments, se trouvant
heureuse, comme disent ceux qui s'intitulent
analystes du cœur humain, de sentir les effluves qui émanent de la présence d'un être
aimé.

Vous devez bien penser que ce système
que j'avais cru nécessaire dans le début, ne
pouvait durer... Elle me parlait de la France,
des plaisirs de Paris. A tout le bien qu'elle en
disait par ouï-dire, je répondais par des louanges sur son pays où les femmes seules savaient
aimer.

Alors elle avait des abandons naïfs qui me
prouvaient qu'elle avait foi en moi, et qu'elle
croyait à mon amour.

Je finissais par m'enferrer et me mettre dans
un mauvais pas, dont il fallait à tout prix sortir. Il était urgent d'en finir. Maïa vint à mon
secours sans s'en douter. Comme elle avait

son franc parler avec sa maîtresse, je remar-
quais depuis plusieurs jours, lorsque j'arrivais, un signe d'intelligence. Enfin un soir
elle parla mariage indirectement; elle vint
avec des détours appelés périphrases à causer
du bonheur de deux jeunes cœurs qui, s'aimant
bien, ne trouvent aucun obstacle pour s'unir.

Il était évident pour moi que je venais de
mettre le pied sur un nid de frelons, et que
déjà il en sortait plusieurs de terre.

Mes théories se trouvaient alors être les
mêmes que celles de Maïa, mais je me pro-
mettais bien de ne pas arriver au fait.

Quand je parlais de la sorte, les yeux de
Fanny s'allumaient, et brillaient d'un éclat
éblouissant.

Je voulais bien me faire une maîtresse ; mais
me marier, non.

Le tuteur, à qui sans doute Maïa avait rapporté mes conversations au sujet du mariage,
était on ne peut plus charmant pour moi. Un
jour qu'il devait partir pour la Basse-Terre,
il m'engagea à continuer mes visites à sa pupille, si toutefois je n'y trouvais pas trop
d'ennui.

Je n'eus garde de me faire prier. La négresse redoublait de surveillance, et, sous pré-

texte de chasser les moustiques, elle était
constamment avec un éventail auprès de
Fanny. Je fis comprendre à cette dernière que
la présence de cette femme me gênait. Alors
elle la congédia en l'envoyant quérir des oran-
ges et en l'appelant bonne Maïa. Celle-ci
sortit, mais le coup d'œil qu'elle me lança en
s'en allant, m'annonça clairement que je trou-
verais en elle ou une ennemie implacable ou
une amie.

Quand elle fut partie, j'assurai Fanny de
mon amour, et je lui dis qu'elle ne devait at-
tribuer ma froideur qu'à la présence conti-
nuelle de cette duègne, qui m'était entièrement
antipathique. Je fus le premier alors qui me
lançai dans le chapitre mariage. |

Ma jolie Fanny me répondit en enlaçant ses
bras autour de mon cou. J'étais maître. Quand
Maïa revint, nous occupions les places auxquelles elle nous avait laissés. Les jours sui-
vants je revins ; point de négresse. Fanny avait
fini par se persuader que mes idées sur le mariage étaient les siennes ; elle ne me refusait
plus rien, j'avais une maîtresse... Fanny, en
jeune fille amoureuse, commençait à chanter
la chanson de l'amour, tandis que moi j'avais
conservé ma pleine raison ; elle se trouvait

heureuse en songeant au jour où nous serions
unis ; n'avais-je pas émis sur cette époque tant
désirée par elle des idées excessivement con-
cordantes avec les siennes? Cependant il devait arriver un moment où cet état de bonheur
pour tous deux devait finir.

J'avais pu abuser Fanny, et lui faire croire
ce qu'on fait croire à toutes les femmes qui se
lancent dans le sentiment ; mais mon élo-
quence ne pouvait pas arriver à lui persuader
qu'on peut plaider en séparation avant que le
contrat ait été signé.

Le nœud de cette intrigue se compliquait ;
il fallait le couper. Je devais à tout prix quitter les colonies, car Fanny était enceinte !...

J'allai chez elle et lui fis part de la nécessité
où je me trouvais de retourner en France pour
hâter notre mariage ; la position dans laquelle
elle se trouvait le rendant plus urgent que jamais.

Elle avait besoin de croire en moi ; elle
ajouta foi à mes paroles.

Les choses marchaient au mieux.

En sortant de son appartement, je me
trouvai en face de Maïa : la négresse me fit
passer dans une chambre voisine, et là, m'ayant
fait asseoir, elle m'apporta une orange sucrée

13.

et préparée par elle, puis se plaçant en face
de moi, elle me répéta la conversation que je
venais d'avoir avec sa maîtresse.

Quand elle eut fini, elle me montra l'orange
et me dit : « J'ai choisi ce moyen ; il est prompt
et ne laisse pas de trace. »

Je faillis éclater d'un rire homérique ; cependant je me comprimai et bien m'en prit ;
elle tourmentait déjà dans le foulard qui couvrait sa poitrine le manche en argent d'un
poignard qu'eût put envier un Corse.

Je me levai pour sortir, mais elle m'arrêta
et me dit que j'épouserais sa maîtresse ou que
je mourrais ; qu'au reste elle me donnait le
choix.

Le cas était pressant, je la savais femme
d'exécution. — Je la rassurai de mon mieux,
elle ne voulut rien entendre ; elle me déclara
qu'il m'arriverait malheur si je retournais en
France. Au même moment entra Fanny, qui
parut fort surprise de nous trouver en tête-à-
tête ; elle regarda d'un œil inquiet sa nourrice
qui reprit aussitôt son air calme et s'esquiva
en emportant l'orange. — Je pris congé de
Fanny, lui promettant de revenir le lendemain.

Mon soin le plus pressé fut d'informer mon

oncle de mon départ. — Le climat de la Guadeloupe ne convenait point à mon tempéra-
ment, puis j'avais reçu une lettre de mon
père qui me demandait de revenir. — Mon
oncle parut contrarié. Quant au motif de cette
subite détermination, il ne le soupçonna pas.
Il connaissait mon caractère amoureux de
changement et de liberté, il me laissa.

Le *Malouin* devait mettre à la voile trois
jours après pour le Havre ; je l'avertis que
j'en profiterais. Je fis en secret tous mes
préparatifs de voyage. Le lendemain, je me
rendis chez ma maîtresse et, plus que jamais,
je parus amoureux, en un mot je jouai le
grand jeu. Elle parut convaincue. Il fut
convenu que je partirais, mais que personne,
même Maïa, ne serait averti de mon départ.
Enfin le jour tant souhaité arriva.

Le navire quitta le port la veille au soir
pour passer la nuit en rade et faire voile le
lendemain à huit heures du matin.

Je devais rejoindre le bord dans une embarcation avec les autres passagers, deux
heures avant le départ. Je fus le soir rendre
visite à Fanny. Je la trouvai un peu triste ;
quand elle me vit, quelques larmes lui vinrent
aux yeux ; la négresse était avec elle et **avait**

constamment les yeux fixés sur les miens.

Notre entretien fut, à l'exception de quelques mots, fait à voix haute, car je me doutais que j'étais espionné. Il ne fut nullement question de voyage, et en partant je lui promis pour le lendemain un bouquet d'azalées.

Je quittai la maison le cœur soulagé d'un grand poids. Mon père avait voulu mettre la mer entre Paris et moi pour me faire oublier, je voulais mettre la mer entre moi et les colonies pour être oublié.

Au point du jour je sortis de chez moi, et je fis porter par un nègre ce qui me restait de bagages. Je m'enveloppai dans mon manteau et mis mon chapeau sur mes yeux, de façon à ne pas être reconnu.

En sortant, je m'assurai que personne ne me suivait; je n'aperçus qu'une masse inerte auprès de la maison, c'était un nègre couché dans une couverture; au bruit que firent mes pas sur les marches extérieures il leva la tête et se recoucha.

J'arrivai sur le port. J'allais descendre dans l'embarcation quand je me sentis tiré par mon burnous; je levai les yeux, c'était Maïa. — Si dans quatre mois vous n'êtes pas de retour, me dit-elle à l'oreille, je vous reverrai en

France! Elle ajouta encore quelques mots, mais je les perdis : la chaloupe se détachait du bord ; quelques coups de rames m'eurent bientôt séparé d'elle.

Nous accostâmes le navire qui fit voile ; peu à peu le sillage s'effaça lui-même, en sorte qu'après une traversée assez courte, il ne me resta plus, de Maïa et de Fanny, que le souvenir, souvenir agréable du reste, mais presque évanoui, grâce à la vie active que j'ai menée avec vous, mes bons compagnons. Vous avez voulu connaître cet épisode passé hors de notre monde, c'est-à-dire de Paris, vous connaissez comme moi Fanny.

Pendant ce récit, Gaston de Villiers, le frère de Georges, parut seul, par les contractions nerveuses de son front, marquer quelque dégoût pour la façon dont avait agi le comte, et pour la manière cynique dont il dévoilait un acte si peu loyal.

— On dit qu'il y a toujours dans la vie un fait qui influe sur la destinée, repartit le jeune baron ; il est à croire que cette Fanny a laissé une bonne empreinte dans ton âme, puisque c'est encore à une créole que tu vas lier tes jours.

— Cinq cent mille francs créoles valent

bien cinq cent mille francs parisiens; voilà
mon avis, répondit le comte.

— Et puis être adoré par une femme, comme tu l'es par Marbréa, c'est quelque chose,
ajouta le frère, d'autant plus que les créoles
n'adorent guère.

— Quant au nom de Marbréa, il ne manque
pas d'une certaine originalité, reprirent ensemble les convives.

— Si je suis jamais parrain, je retiens le
nom, dit Georges. — Toutefois, sachez, messieurs, que peut-être femme n'a jamais tant
menti à son nom.

— Permets-nous, comte, répliqua le baron,
de te dire que tu n'es pas juge en cette
matière; peut-être la vanité t'égare-t-elle?

— Je puis vous affirmer, repartit Gaston,
que je n'ai jamais vu d'yeux lancer des éclairs
comme ceux de ma future belle-sœur quand
elle est en présence de mon frère. Je dois
aussi ajouter que, quand elle regarde quelqu'un d'autre, son regard est comme une lame
d'acier qui glace. Vous parliez à l'instant de la
bizarrerie de son nom; il vient d'un caprice
maternel. Avant qu'elle fût née, sa mère a
prétendu qu'elle prît ce nom, si toutefois
c'était une fille. — La mère est morte en lui

donnant le jour, mais sa dernière volonté a
été accomplie.

La nuit s'avançait. — Aidés par le vin et
par leur laisser-aller habituel, les jeunes gens
commençaient à passer en revue plusieurs des
femmes que le comte avait eues, quand son
frère prétexta une violente migraine et se
leva. — Tout le monde en fit autant, et l'on se
sépara, non toutefois sans avoir bu à la pros-
périté des futurs époux.

Le mariage devait avoir lieu quatre jours
après.

II

Avant de revoir Marbréa comtesse, nous devons quelques éclaircissements sur cette jeune fille, sans parents, venue des colonies en France à l'âge de seize ans, immédiatement reçue dans les salons du faubourg Saint-Honoré, et qui, repoussant toutes les adorations dont elle était l'objet, avait, du jour où elle le vit pour la première fois, tourné ses regards vers Georges.

Marbréa de Saint-Côme, ainsi que nous venons de le dire, était venue en France à seize ans, avec une cameriste et une négresse. — Cette dernière ne sortait jamais avec elle, et, chez sa maîtresse, elle s'éclipsait chaque fois qu'il arrivait quelqu'un ; jamais on n'avait vu nettement son profil. — On ne savait rien de précis sur la famille de Marbréa ; elle por-

tait le nom d'un tuteur qui lui avait légué sa
fortune à cette condition. — La jeunesse et la
beauté ont ce privilège unique, qu'elles sont
reines partout. Aussi la jeune fille fut-elle
parfaitement accueillie. — Son apparition
causa bien quelques jalousies; mais elles s'ef-
facèrent bientôt, car elle n'usa point de sa
beauté, et on n'eut pas à lui reprocher la
moindre légèreté. — Dans les premiers temps
de son séjour à Paris, elle parut une énigme.
Tout ce qu'on savait d'elle, c'était que sa
mère était morte en lui donnant le jour, et
qu'elle avait fait promettre à son tuteur de
l'envoyer en France.

A Paris, on a tant de choses à s'occuper,
que bientôt on ne parla plus d'elle que comme
on a coutume de parler d'une belle femme.

L'immense fortune qu'elle tenait de sa mère
et de son oncle la mit à même de frayer avec
l'aristocratie du faubourg, à qui elle apparte-
déjà par le nom.

Bien que fort jeune, Marbréa avait toutes
les apparences d'une femme faite; sa taille,
au-dessus de la moyenne, avait déjà un certain
embonpoint. — Sa figure, parfaitement belle,
d'un blanc mat que ne déparait aucune tache
de rousseur, était encadrée de cheveux noirs

et lustrés; son nez court était droit, sa bouche
fine et moqueuse. — La pupille de ses yeux
se confondait avec la prunelle, qui était d'un
beau velours châtain; cependant ses yeux,
bien que veloutés et recouverts d'un long rideau des cils, étaient parfois aussi froids que
les yeux d'un Indien. — Ajoutez à cela deux
sourcils plus noirs que ses cheveux qui, dans
leur arc horizontal, donnaient au front blanc,
que marbraient aux tempes des veines d'un
bleu céleste, un caractère impassible et froid
qu'on eût pu appeler granitique.

Le premier salon où elle fut présentée était
précisément un de ceux où l'on faisait grand
cas de Georges de Villiers; c'était celui de la
jeune marquise de S...

Lorsque la marquise présenta Georges à la
jeune fille en le lui nommant, la prunelle de
celle-ci se dilata comme celle d'un chat dans
l'ombre; toutefois ce mouvement, insaisis-
sable pour d'autres que pour Georges, qui
plongeait ses regards dans ceux de Marbréa,
n'eut pas de durée. — Un regard calme et
doux lui succéda aussitôt.

La marquise s'adressant à Mlle de Saint-
Côme, lui dit qu'elle était heureuse de la
mettre en rapport avec un homme fort à la

mode, et qui, à ses yeux, devait avoir un immense avantage, celui d'avoir vu son pays.

Georges prit le bras de Marbréa et traversa le salon au grand dépit des hommes, jeunes et vieux, qui étaient présents et qui tous, plus ou moins, lui faisaient la cour.

Le fait de cette jeune fille, sans parents, s'introduisant de plein pied dans les premières familles, paraîtra étrange à certains esprits.

Nous répondrons que Marbréa était fort belle, et qu'à Paris rien n'est étrange. — On ne s'y étonne de rien.

Mais, revenons à Georges. — Nous connaissons son caractère à l'égard des femmes. — Qui donc avait pu changer sa manière de voir; car, du moment où il vit Marbréa, il comprit que cette femme devait avoir un ascendant sur lui. — Il comprit qu'elle s'établissait dans sa destinée.

Il est des heures dans la vie où l'on sent tout à coup son avenir pressuré par une main invisible, que, dans l'obscurcissement de la raison, on appelle le hasard.

Le comte, en épousant mademoiselle de Saint-Côme, obéissait donc à cette force latente qui l'entraînait soit à sa perte, soit à son bonheur.

A Paris, les mariages se font souvent d'une manière imprévue, d'une façon toujours drôle pour la province.

Georges avait vu un amour violent dans les yeux de Marbréa, qui n'étincelaient qu'à son approche, et il s'était dit : Épousons, j'ai l'expérience des femmes ; ce sont des poupées que maintes fois j'ai fait danser sur mes genoux. — Que peut faire un écheveau de fil en guise de collier à un bon limier?

Que pouvait avoir vu Marbréa dans le sceptique Georges? — A coup sûr, ce n'était pas un mari qui devait rester amant? Était-ce un titre? sa fortune lui en tenait lieu. — Ce ne pouvait être non plus la liberté qu'acquiert la femme mariée; elle n'en avait que faire; appelons les sentiments qui les conduisirent l'un vers l'autre *affinités secrètes*.

Vers les deux heures du matin du 31 mars, un hôtel, situé rue Laffitte, se trouvait en émoi par un de ces événements qui surprennent autant à cause de leur rareté qu'à cause de l'inattendu.

Une jeune femme pâle sortait effarée d'une chambre que nous appellerons nuptiale; car cette femme, ou plutôt cette jeune fille, s'était mariée à minuit, et venait de s'y renfermer.

Elle avait agité sa sonnette avant de sortir elle-même, car, à peine en franchissait-elle le seuil, qu'elle rencontra sa cameriste et une vieille négresse, accourues toutes deux à ce bruit.

Bientôt on n'entendit plus que cette nouvelle dans l'hôtel : Monsieur le comte est mort!

Le frère du comte fut promptement averti, il se rendit immédiatement dans la chambre qu'on vient d'indiquer. Cette chambre, satin bleu et or, était éclairée par une lampe placée dans un coin, dont la lumière trop vive était tempérée par une gaze qui l'enveloppait. Un doux parfum de violettes remplissait l'appartement.

On voyait sur une causeuse un voile de mariée et une couronne de fleurs d'oranger. Sur le lit, dont les quatre colonnes supportaient une couronne d'où s'échappaient des rideaux en satin bleu, recouverts de point d'Angleterre, était étendu Georges, à côté duquel se trouvait un bouquet d'azalées.

La femme, que l'église et la loi venaient de lui donner, était rentrée dans cet appartement et, penchée sur la poitrine de son fiancé, elle semblait contempler ce visage qu'aucune contraction n'était venue défigurer, et qui était déjà froid.

Gaston fit enlever la jeune femme et ordonna qu'on lui interdît l'accès de ce lit près duquel la douleur semblait l'avoir rivée.

Marbréa, car c'était elle, fut portée dans un autre appartement, et y resta seule avec son frère.

Le médecin appelé, constata que le comte était mort ; qu'aucune lésion des organes n'avait eu lieu et que cette mort, inexplicable du reste, ne pouvait être attribuée qu'à une apoplexie foudroyante, déterminée par les émanations des fleurs qui remplissaient l'appartement.

Qu'une personne meure sans maladie préalable, rien de surprenant ; aussi ne s'en préoccupe-t-on nullement à Paris et n'en parle-t-on que parmi les membres de la famille et les intimes. Mais qu'un individu, jouissant d'une santé parfaite et qu'on vient de quitter tenant encore les mains de la fiancée qu'il ramène de l'autel, soit tout à coup frappé de mort dans les bras mêmes de cette fiancée, voilà qui est étrange. Aussi tout Paris, à son réveil, vers dix heures du matin, s'entretint-il de cette nouvelle.

M. de Villiers venait de mourir dans les bras de la femme que Dieu lui avait donnée quelques heures auparavant ; le fait était surprenant.

L'hôtel en deuil fut encombré dès le matin par les amis et connaissances qui, vers minuit, avaient laissé le comte pleinement satisfait de la nouvelle phase dans laquelle il se trouvait entrer.

On s'entretint longuement du défunt, puis on s'occupa de la jeune fille, devenue veuve avant d'être femme.

On parla avec curiosité de l'accident, et l'on plaignit très-fort la partie restante.

— Le fait est assez drôlatique, dit le soir dans un cercle, le jeune baron qui, nous nous le rappelons, avait assisté au souper donné au Café de Paris.

Georges a toute sa vie été excentrique, il a fini d'une manière non moins drôle ; c'est original !

Pour moi, j'aurais préféré moins d'originalité et n'en finir avec la société que dans trois ou quatre jours. Je trouve Georges plaisant. Il ne nous avait pas prévenus de ce trait-là. Au fait, l'imprévu, c'est plus charmant !

Il a peut-être voulu réaliser le proverbe : —

nous étions treize à table ! — Merci, vieil ami, je n'ai plus rien à craindre pour cette année : au comte Georges de Villiers, un toast de la part du cercle reconnaissant !

Pendant que l'on faisait ainsi l'oraison funèbre du comte, sa famille était dans la désolation.

Madame la comtesse s'était séquestrée et ne recevait personne que son beau-frère Gaston et sa belle-mère, qui eurent la charité de faire leur possible pour que la jeune veuve ne brûlât pas ses beaux yeux par les larmes, sur un malheur irréparable, il est vrai, mais que rien ne pouvait conjurer.

Marbréa n'avait pas encore troqué sa robe de fiancée contre une robe noire, que déjà Paris passait à d'autres faits divers.

La comtesse parla d'aller s'ensevelir à la Guadeloupe ; mais la famille fit si bien qu'elle retint la jeune éplorée, qui alla cacher sa douleur dans un château que possédait le comte en Bourgogne, et qu'il avait fait préparer pour aller y abriter ses beaux jours d'amour.

Bizarreries de la destinée humaine qui, dans son capricieux amour des sinuosités, nous plonge dans un labyrinthe dans lequel nous retrouvons toujours l'issue qu'elle nous a marquée, quelques détours que nous fassions !

L'hôtel de la rue Laffitte fut déserté, et madame la comtesse Georges de Villiers alla en Bourgogne.

III

Nous avons déjà fait pressentir que Gaston avait eu pour Marbréa, fiancée à son frère, un commencement d'affection qui eût pu dégénérer en amour. Cette affection qu'il lui portait alors, qu'on nous passe l'expression, alors qu'elle n'en avait pas besoin, il la lui continua à la mort de son frère. Toujours avec elle, il s'entretint souvent de Georges, puis en parla moins, puis enfin n'en causa plus. La blessure faite au cœur de Marbréa paraissait se cicatriser; à quoi bon la rouvrir! se disait Gaston.

Captivé d'abord par la beauté de Marbréa, il put voir combien ses charmes augmentaient dans l'intimité. Savait-il quel nom il fallait donner désormais à son attachement pour sa belle-sœur? Non! S'était-il rendu compte si son affection était de l'amour? Non! Jamais il n'y a de raisonnement dans une première liaison avec une femme. Ou cette liaison provient d'une circonstance fortuite, et elle est le résultat d'une démarche. Dans l'un ou l'autre cas, elle se corrobore ou par les charmes physiques ou par l'influence morale. Pour Gaston, la liaison était plus qu'accidentelle, elle était naturelle ; et elle se fortifiait chaque jour sous le charme physique et moral qui se dégageait de Marbréa.

Il avait aimé mademoiselle de Saint-Côme en même temps que son frère l'avait, nous ne dirons pas aimée, mais connue ; cet amour qu'il ne s'était jamais avoué, avait sans peine été promptement refoulé, et s'était réfugié dans la pénombre d'une affection de frère à sœur.

Un accident bien fâcheux sans doute, mais qu'il n'avait pu prévenir, était venu changer sa position à l'égard de la jeune fille. Il était, par le simple fait d'un oui, devenu son beau-frère ; son affection s'autorisait donc d'un degré de parenté. Maintenant sa belle-sœur était veuve, il se sentait attiré vers elle par la compassion. Cette compassion dégénéra promptement en tendresse ; et cette tendresse, disons mieux, cet amour, il pouvait l'avouer à celle qui en était l'objet, puisque aucun lien ne l'enchaînait.

Mais nous le répétons, Gaston ne s'était fait aucun raisonnement. Il aimait d'amour sa belle-sœur ; il l'ignorait peut-être encore ; toutefois celle-ci le savait.

Une femme devine toujours l'amour d'un adorateur, avant que celui-ci se soit rendu compte du sentiment que nourrit son cœur.

Marbréa avait lu dans les yeux de Gaston et s'attendait chaque jour à un aveu. Obtempérerait-elle à son désir? elle l'ignorait elle-même. Celui qui eût vu cette jeune femme seule dans son appartement, ou dans le parc du château, eût été frappé des contractions qui venaient rider son front de marbre poli. Que se passait-il en elle? combattait-elle aussi un amour naissant? ou la catastrophe qui avait mis un bandeau noir sur le jour de son mariage, la terrifiait-elle pour l'avenir? On eût parfois pu l'entendre se dire à elle-même : A quoi bon, un seul ne suffit-il pas? D'ailleurs, il n'est pas coupable, il m'aime! D'autres fois : Il est épris de ma beauté. Je ne lui dois rien ; tous les hommes en sont là ; la première créature qu'ils rencontrent, ils la convoitent ; je n'ai nullement cherché à lui prendre son cœur, car à quoi me servirait un cœur ? mon rôle n'est pas d'aimer... Elle n'achevait pas : souvent elle ajoutait qu'il se brûlerait les ailes à son aise !

Puis elle reprenait son visage impassible. Les ténèbres de son regard enveloppaient ceux qui l'approchaient. — Comme elle aimait Georges ! se disait à part lui Gaston.

Plus l'amour doit être violent, plus il s'ignore dans le principe ; mais dès qu'il s'est fait connaître à lui-même, il grandit et alors passe de simple notion à l'état de passion. — C'est ce qui arriva pour M. de Villiers. — Ce sentiment qu'il s'était d'abord expliqué sous le voile d'une simple affection, se découvrit tout à coup sous son vrai jour. La violence qu'atteignit son désir s'accrut encore de la résistance qu'il prévoyait de la part de la jeune veuve.

La comtesse voyait tous ces progrès de la passion ; toutefois, elle ne facilitait en aucune manière les explications.

—Marbréa, lui dit-il un jour, en pressant le bras qu'elle lui avait abandonné pour prendre l'air dans le parc, ne remarquez-vous aucun changement en moi?

— Si, répondit-elle en fixant ses beaux yeux sur lui, les morts ont tort...

Gaston se replia sur lui-même, interprétant doublement cette parole, puis ne parla plus de rien. — L'homme fort et vraiment amoureux est timide au moment de déclarer son amour.

Il fut quelques jours sans parler à Marbréa qui, de son côté, feignait ne pas remarquer ce silence.

Un soir, c'était en novembre, Marbréa était au salon travaillant à une tapisserie; elle affectionnait ce travail.

Il est à remarquer que les femmes méditatives qui possèdent en elles un monde de pensées, préfèrent le travail manuel à la lecture. Et ce fait s'explique facilement. — La lecture tend leur esprit, au lieu que ce travail dans lequel elles remplissent à peu près les fonctions d'une machine à coudre, laisse à leurs pensées un libre cours; la musique comme la lecture est alors rejetée; — au reste, la rêverie qu'engendre le piano n'est que pour les jeunes filles qui cherchent à exciter elles-mêmes leurs sens, n'ayant point encore entendu parler fortement leur cœur. Or, nous savons que Marbréa, bien que toute jeune, avait le cœur et l'énergie de la femme de trente ans.

Elle était donc là, ébauchant une tapisserie. — De temps en temps elle levait les yeux vers la fenêtre quand les feuilles sèches, que roulait le vent dans les avenues qui menaient au château, venaient tourbillonner contre la vitre. Sa belle-mère était dans son appartement.

Tout à coup les aboiements des chiens retenus au chenil, attirèrent son attention.

Gaston était parti le matin pour la chasse au lièvre. Bientôt les bruits augmentèrent. La porte du salon s'ouvrit avec fracas, et un domestique annonça qu'on rapportait M. de Villiers grièvement blessé.

A cette nouvelle inattendue, Marbréa tressaillit, les pommettes de ses joues marbrées se colorèrent d'une légère teinte rose, mais elle redevint immédiatement blanche, et ses yeux s'irradièrent comme un brillant qui, sortant de l'ombre, reçoit sur une de ses facettes un rayon lumineux; puis elle s'élança hors du salon.

Son beau-frère, étendu sur une civière, était

soutenu par un garde-chasse et des paysans : il était évanoui.

La jeune veuve, en l'apercevant, se précipita vers lui, et saisit sa main qu'elle pressa, soit par convulsion nerveuse, soit par amour. Cette pression causa une telle douleur à Gaston qu'il sortit de son évanouissement. Ses yeux, en s'ouvrant, rencontrèrent ceux de Marbréa et se remplirent d'une larme, suprême et unique déclaration d'amour qui jamais s'échappa de son cœur. Son regard de reconnaissance en voyant cette jeune femme si belle, si tendre, s'occupant de lui mourant, fut tellement profond, que la fière Marbréa approcha ses belles lèvres du front humide de sueur de celui qui l'aimait tant.

Ce baiser parut effacer la souffrance qu'éprouvait le blessé, car un sourire erra sur ses lèvres, et il voulut se servir de ses bras pour entourer la taille de la comtesse ; mais le mouvement qu'il fit lui arracha un cri, et il s'évanouit de nouveau ; l'épaule était brisée.

Le blessé fut transporté dans son appartement et Marbréa s'installa à son chevet, ne permettant même pas que sa mère partageât cette charge. Le médecin appelé déclara que la fracture de l'épaule provenait d'un coup de

feu tiré à quinze mètres environ ; que quant
à l'extraction de la balle, il n'y fallait pas songer ; que l'hémorragie était à craindre, qu'au
reste avec du repos il espérait répondre du
malade.

Pendant la consultation, le calme de Marbréa fut effrayant ; elle épiait les moindres
gestes de l'homme dont on attendait l'arrêt.
Au moment où elle apprit que le comte était
à peu près hors de danger, son front rayonna,
puis tout à coup se couvrit de tristesse.

On ignorait complétement ce qui était arrivé
à Gaston. Était-ce un braconnier qui, chassant
un chevreuil, avait tiré sur lui lorsqu'il se
trouvait caché par un hallier ? Toujours est-il
que le garde-chasse avait entendu le coup de
feu vers le soir, et que passant par l'allée *des
saules*, il avait trouvé le jeune homme affaissé
sur lui-même. Gaston n'avait pu fournir
aucun renseignement, et le médecin avait
recommandé de ne le fatiguer par aucune
question.

Nous l'avons déjà dit, Marbréa s'était ins-
tallée au chevet du malade et ne le quittait
pas ; elle avait pour lui la sollicitude d'une
mère et la tendresse d'une amante. Lorsque
le malade s'éveillait du sommeil léthargique

dans lequel sa faiblesse le plongeait, il sentait
la pression de cette belle main blanche que
tant de fois il avait saisie avec passion, et
que toujours il avait trouvée froide. Marbréa
parlait alors la première des promenades
qu'ils pourraient faire ensemble dans le bois,
sitôt son rétablissement. Celui qui eût connu
la comtesse avant l'accident n'eût pas, certes,
cru voir la même femme dans cette jeune
garde-malade qui, à la légèreté et à la gaieté
de la jeunesse, joignait l'expérience de la
femme déjà âgée.

Le médecin était revenu et avait extrait la
balle.

L'opération ayant causé un assoupissement
profond, la négresse veilla le malade.

Pendant qu'on soignait le blessé, on faisait
des recherches sur l'accident..

Un fait surprenant venait d'être constaté :
la balle extraite était moitié plomb, moitié
étain, ce qui l'avait empêchée de perforer
entièrement l'épaule, à cause de la distance
à laquelle elle avait été tirée. Cette balle
n'avait évidemment pas été fondue chez un
armurier; elle provenait d'une fonte faite en
cachette, et l'étain avait été employé parce
qu'on manquait de plomb.

On fit une descente chez un ancien garde-chasse qui avait été congédié il y avait dix ans, et qu'on soupçonnait de braconnage ; toutefois, cette perquisition n'amena d'autre découverte que celle d'un tuyau en plomb dont on avait coupé un morceau. L'enquête se poursuivait.

Une nuit que la négresse veillait auprès de Gaston endormi, Marbréa entra. Maïa, car c'était elle, fit remarquer à la comtesse une fiole qui contenait la potion prescrite. — Il en a déjà bu, lui dit-elle, s'il se réveille donnez-lui encore une cuiller.

L'œil de la négresse avait quelque chose d'étrange, qui fit bondir la jeune femme. Celle-ci s'empara de la fiole qu'elle considéra attentivement et s'écria : Lui aussi ! Maïa, pour unique réponse, mit le doigt sur sa bouche, souffla quelques mots à l'oreille de sa maîtresse, et voulut sortir.

Marbréa la retint. — A qui de se venger, lui dit-elle, est-ce à toi ou à moi ? N'étais-je pas assez vengée ! — Souvenez-vous de votre mère, répétait la négresse. — Va, sors ! s'écria Marbréa en s'emparant du flacon, s'il meurt je mourrai, car je l'aime. En finissant ces mots elle vida le flacon. Aussi calme qu'un

sauvage qui scalpe une tête de blanc, la négresse sortit sans faire attention à sa maîtresse, mais revenant aussitôt, elle lui présenta un
verre et lui en fit avaler le contenu. — Au
fait, lui dit la comtesse, il sera temps plus
tard, et elle enjoignit de nouveau à la négresse de sortir.

Pareille à un chien qui, croyant plaire à
son maître, vient de broyer les reins à un
chat, Maïa s'en alla sur l'injonction qui lui
avait été faite, aussi disposée à agir en sens
inverse si sa maîtresse le lui ordonnait.

Lorsque Marbréa fut seule, elle découvrit
la poitrine du comte, écouta si le cœur bat-
tait; elle n'entendit rien; les battements du
pouls n'étaient même plus apparents. Elle
eut froid. Se parlant à elle-même : — Dieu
m'est témoin, dit-elle, que je t'ai aimé, Gaston,
et que je donnerais ma vie pour toi. A cette
heure où je te vois mourir à cause de moi, je
maudis d'être née. Puis elle baigna de ses
larmes cette main qu'elle tenait. J'avais juré,
en venant en France, de ne jamais aimer. Et
voilà que l'homme que je devais haïr comme
frère de celui... Elle n'acheva pas; la tête
du malade, appuyée sur l'oreiller, s'inclina et
tomba sur son épaule.

— C'est donc fini! dit-elle. Elle prit la tête de son amant et la couvrit de baisers. Reçois mon premier et mon dernier aveu, Gaston; jamais tu n'aurais entendu un mot d'amour sortir de ma bouche, si une vengeance imprévoyante ne t'avait mis dans l'impossibilité de m'entendre.

Lorsque tes yeux me parlaient d'amour, ne sentais-tu pas que mon cœur te disait vingt fois je t'aime, tandis que ma conscience soufflait le mot meurtre entre toi et moi?

A peine la comtesse avait-elle achevé ces mots, que Gaston, agitant sa main, saisit le bras de Marbréa; il avait les yeux ouverts. Marbréa éclata d'un rire convulsif.

L'assoupissement qu'elle avait pris pour la mort n'était qu'une léthargie causée par la mixture que la négresse avait jointe à la potion. Cette mixture qui, dans tout autre cas, eût déterminé la mort, avait, grâce au remède qui neutralisait en partie son effet, réagi sur le cerveau au lieu d'attaquer le cœur. Dans cet état de mort apparente, le blessé était peu à peu tombé dans une somnolence où l'homme conserve le sentiment de son être, bien que la sensibilité paraisse

éteinte ; il avait donc entendu quelques mots
du monologue incohérent de Marbréa.

Ses yeux, brillants de fièvre, se fixèrent sur
ceux de sa sœur. Il rencontra un regard doux
et quasi amoureux. — Chère Marbréa, lui dit-
il, expliquez-moi tout ; n'avez-vous pas dit
que vous m'aimiez, mais que vous ne pouviez
être à moi ; pensez donc que je vous ai aimée
avant que Dieu ne vous ait unie à mon frère !
seulement j'ai dû comprimer mon amour. A
cette heure, aucun lien ne vous retient, pourquoi me repousseriez-vous ? Mais non, ce n'est
pas possible, car vous l'avez murmuré tout à
l'heure ce mot je t'aime ! Oh ! répète-le, ma
bonne Marbréa, dis-le encore ; ce mot m'a
guéri, vois ! En prononçant ces paroles, il s'était
mis sur son séant, et pressait contre son cœur
la belle tête de Marbréa, dont les cheveux dé-
noués recouvraient son épaule. Mais les efforts
qu'il venait de faire avaient de nouveau réou-
vert la plaie, et quelques cheveux noirs de la
jeune femme furent rougis. — Oh ! non, s'é-
cria-t-elle, encore du sang, c'est trop, deux
fois ! Non, Gaston, je ne saurais être à vous.—
Pourquoi ? dit le malade, devenu pâle comme
le drap qui le couvrait ; c'était donc pour
m'abuser que tu disais que tu m'aimais ?

Tu es donc bien cruelle ; parle, m'aimes-tu ?

Marbréa se pencha sur lui, le baisa au front et lui dit : — Oui, je t'aime, mais je ne saurais être à toi !

— Pourquoi ? reprit Gaston en l'implorant du regard.

— Parce que... elle jeta sur le drap un bouquet d'azalées flétri, qu'elle portait dans son corsage... parce que, dit-elle d'une voix rauque, Fanny était ma mère... parce que j'ai tué ton frère !... A ces mots, le comte laissa tomber le bouquet qu'il venait de saisir, et retomba inanimé sur sa couche.

Entendit-il Maïa qui, ouvrant la porte, s'écria : — Ce n'est pas elle, c'est moi !

Gaston était mort !

IV

A la fin du même hiver, deux mois après ces événements, une lumière veilla toute la nuit dans une petite maison couverte en chaume du village de Voreppe.

Vers deux heures du matin un cheval était attaché par la bride à la petite haie qui entourait le jardinet d'entrée.

Le personnage qui était entré dans la chaumière y resta environ deux heures. Un enfant le reconduisit, l'aida à monter et lui remit un paquet. Quand l'homme fut à cheval, l'enfant prit le devant avec une petite lanterne, afin de remettre le visiteur en bon chemin. Lorsqu'ils furent à une centaine de pas de la chaumière le cavalier se tourna vers l'enfant et lui dit :

— Va à la maison, on doit avoir besoin de toi ; d'ailleurs, je connais mon chemin, ce n'est pas la première fois que je suis en route à cette heure. — J'irai vous voir demain. Là-dessus, l'enfant salua et dit : Bonsoir, monsieur le curé.

Le lendemain, vers midi, le curé de Voreppe, que nous avons vu chez le mourant, se rendait à Grenoble. A peine arrivé, il alla chez le procureur impérial. Après avoir fait antichambre sur une banquette, comme les prévenus que cette autorité cite à son parquet, il fut introduit.

Le procureur était un jeune homme récemment nommé, très-raide de tournure et probablement fort zélé.

Quand il aperçut le prêtre, il se leva, et au lieu de le faire asseoir sur la simple chaise de paille qui servait de sellette aux inculpés, il lui indiqua de la main un des fauteuils de velours d'Utrecht vert, qui sans doute se trouvaient là pour les témoins à charge que l'on mandait.

Le vieillard s'assit.

— A quelle circonstance dois-je l'honneur de votre visite ? dit en s'inclinant le jeune procureur. Les gens de loi et de robe sont polis lorsqu'ils soupçonnent qu'on vient leur dénoncer un délinquant.

— A un fait triste et pénible pour moi, monsieur le procureur, répondit le curé.

— Sans doute une dénonciation ?

— Dénonciation n'est pas le mot ; c'est plutôt un cas de conscience que je suis forcé de révéler.

— Parlez, dit le représentant de la loi, je vous écoute.

— J'ai été appelé, cette nuit, près d'un mourant qui m'a révélé un crime dans sa confession. Toutefois, c'était au confesseur qu'il avait parlé, et comme tel, le secret était entre Dieu et le pénitent.

— Vous nous ferez toujours tort avec vos secrets, interrompit le procureur en souriant. Le prêtre eut comme un frémissement d'épaules.

— Après la confession, le malade me dit : « Mon père, je vous ai tout à l'heure parlé comme au représentant de Dieu ; ce que je vais vous dire actuellement n'est pas un secret, et je veux vous faire promettre de le divulguer à qui de droit après ma mort. »

— Si quelqu'un est intéressé à cette révélation, dis-je au mourant, faites-la ; sinon je vous crois libéré par votre confession, et, Dieu étant plus miséricordieux que les hommes, remettez en lui votre confiance.

Le procureur hocha la tête en signe de mécontentement.

— Le mourant persista dans sa résolution, et voici ce qu'il m'a chargé de vous révéler lorsqu'il serait mort.

Dieu l'a appelé à lui, voici ce que j'ai entendu :

« Il y a deux mois, une négresse s'est pré-
« sentée chez moi vers les dix heures du soir.
« Elle m'a parlé de mon ancienne disgrâce
« au château de Villiers, dont j'étais autrefois
« garde-chasse. J'avais été congédié, il y a
« quelques années, pour braconnage, et tou-
« jours j'avais gardé un profond ressentiment
« contre le comte, qui privait un homme de
« son pain pour quelques lièvres tués dans
« son parc.

« La négresse, en me parlant du passé, me
« remit tout mon ressentiment, je veux dire
« toute ma haine au cœur...

« Quand elle vit que j'étais exaspéré, elle
« me demanda si je voulais me venger; qu'elle
« aussi avait à se plaindre du chevalier. J'a-
« voue, à ma honte, que cette proposition ne
« me révolta pas. Elle m'avertit que M. de Vil-
« liers allait à la chasse deux jours après; il
« fut convenu qu'elle viendrait le lendemain

« passer une heure avec moi. Cette heure fut
« employée à fondre des balles. Comme j'a-
« vais du plomb et que je craignais des re-
« cherches, je la priai de m'apporter de l'é-
« tain.

  « Au jour indiqué, à l'approche du soir, je
« me glissai dans le bois ; je savais par où
« M. de Villiers avait chassé le matin ; il de-
« vait revenir par l'allée *des Saules*. Embusqué
« dans un taillis, je l'aperçus regagnant le
« château. Quand il fut à quarante pas de l'en-
« droit où j'étais, je tirai. Il tomba... Je ren-
« trai immédiatement, et sortis un instant
« après pour travailler au jardin.

  « La perquisition faite chez moi n'amena
« aucun résultat, parce que trouvant du plomb
« dans ma cave, on se demanda comment il se
« faisait que la balle fût moitié étain moitié
« plomb, le plomb donnant un coup plus sûr
« et ne devant, à quinze mètres de distance,
« faire aucune déviation. Voici, mon père, ce
« que j'ai fait ; je suis absous devant les
« hommes puisque mon crime est caché, mais
« au moment de paraître devant Dieu, je dois
« cet aveu. »

Après m'avoir fait cette confidence, il tira
de dessous son chevet un sac qui contenait,

tant en billets qu'en argent, le prix de son crime : ce salaire, auquel il n'avait pas touché, il me l'a remis pour les pauvres.

Telle est, monsieur le procureur, la déclaration que j'avais à vous faire.

Après cette déclaration, le représentant de la loi agita une sonnette. Le greffier parut. — Vous allez m'accompagner pour une perquisition, lui dit le procureur.

Le prêtre se leva ; il ne savait pas s'il avait bien compris. Cependant il voulut interroger cet homme qui pratiquait la justice.

— Vous avez fait votre devoir, le mien commence.

— Qu'est-ce? ma révélation ne vous suffit-elle pas ! s'écria le vieillard indigné ; vous allez aller remuer un lit encore chaud. Attendez que cette maison soit vide. Demain il n'y aura plus que la veuve. Mais, au nom de Dieu ! n'allez pas retourner le corps à peine froid de son mari. Vous aurez aussi un enfant qui, par ses larmes, vous dira de lui laisser son père jusqu'à ce que la terre le lui reprenne.

— Votre cœur vous entraîne au delà du vrai, monsieur le curé, répartit le procureur, mais il faut que la justice suive son cours.

— Prenez-y garde, monsieur, *Summum jus, summa injuria.*

L'homme de Dieu se leva et sortit. Le procureur écrivit deux lettres. Le lendemain matin il était chez le garde-chasse. Comme il allait entrer dans la maison, deux voisins faisaient rouler le cercueil jusqu'à la porte ; car le prêtre allait venir le chercher.

— Faites rentrer ce cercueil, dit l'homme de loi.

L'enfant et la mère se regardèrent ; l'injonction se renouvelant, la veuve vint lui demander pourquoi il donnait cet ordre.

— Laissez agir la justice, ma brave femme, continua le jeune homme avec un faux air de compassion ; au nom de la loi, je vous l'ordonne.

L'enfant que nous avons déjà vu reconduire le curé, s'était assis sur le cercueil et écartant les jambes, semblait vouloir le protéger contre cet attentat sacrilége.

Le greffier qui accompagnait le procureur voulut faire déranger le petit, et lui cria : N'entendez-vous pas l'ordre de M. le procureur ? L'enfant ne répondit pas ; et comme l'homme, s'approchant de lui, lui donna une chiquenaude sur l'oreille, d'un coup de pied il le fit

rouler par terre en lui disant : C'est mon père,
je veux rester là !

Une scène de désordre allait se passer. Le
procureur, aidé du greffier, s'approcha de la
bière en sapin qui n'était que clouée, et avec
sa main souleva une planche qu'il brisa en
appuyant le pied sur le cercueil. Alors il
tira le linceul qui enveloppait le mort, regarda
sa figure, prit quelques notes et s'assura qu'il
était bien mort. Ensuite, il dit au greffier :
Refermez.

En tirant le drap pour examiner le cadavre
une jambe s'était tirée de cette boîte en sapin ;
les hommes venus pour porter le cercueil n'o-
saient plus y toucher.

Le greffier voulut faire rentrer le membre
sorti, et, pour cela, il donna un coup de ge-
nou sur le tibia ; la jambe rentra dans sa
position primitive ; on entendit un léger craquement ; quelque articulation s'était probablement brisée.

A ce moment le vieux curé entra pour chercher le corps : on reclouait le cercueil.

Le vieillard s'approcha de cet homme et lui
dit : Puisse Dieu vous pardonner cet acte de
justicier !

Le prêtre partit avec le mort : l'enfant suivit.

La femme était là. — Avez-vous connaissance de ce que votre mari a fait dans la journée du 6 novembre dernier ? Elle, qui pleurait quelques instants auparavant, ne paraissait plus avoir les yeux humides. Elle se leva, regarda cet homme de la tête aux pieds avec un sourire de pitié, et lui répondit : — Je me souviens de ce que vous venez de faire, et elle alla s'asseoir loin de lui.

— Au nom de la loi, je vous adjure de dire ce que vous savez. La femme garda le silence. Le greffier la saisit par le bras et lui fit pousser un léger cri ; le procureur se trouvait devant elle, elle lui cracha au visage.

Le procès-verbal qui fut dressé, ne fut pas celui qu'avait prévu la justice humaine. L'individu chargé du bien de l'humanité se retira.

A la place où, la veille, le prêtre était venu faire sa déclaration, se trouvait une négresse. Cette négresse, c'était Maïa.

Mandée par une lettre que le procureur avait écrite après le départ du vieux prêtre, la caämériste de la comtesse de Villiers s'était rendue au parquet.

A peine arrivé, le jeune procureur procéda à l'interrogatoire de la prévenue.

Il sollicitait d'être transféré à Paris, et pour cela, il déployait un zèle de douanier à la piste d'un fraudeur. Il est, au moment où j'écris ces lignes, juge. Nous disons donc que sans prendre un instant de repos, il interrogea Maïa.

La prévenue n'eut pas le bonheur qu'avait eu l'abbé de s'asseoir dans un fauteuil ; elle eut une chaise pour appuyer ses mains et resta debout.

— Quel âge avez-vous ? demanda le procureur.

— Cinquante-deux ans.

— Votre état ? — Femme de chambre de madame la comtesse de Villiers. — Depuis quand ? — Depuis qu'elle est née. — Donnez-moi quelques détails sur madame la comtesse et sur la vie que vous menez auprès d'elle ? — Je n'ai rien à rapporter de ce que fait ma maîtresse, je la sers, et tout est dit. — Prenez garde à vos réponses ; je vous interroge au nom de la justice, et toutes vos réponses sont consignées. Maïa fixa son œil fauve sur ce jeune ambitieux et lui dit : — De quoi m'accuse-t-on ?

Ce jeune ambitieux, qui se figurait être fort parce qu'il intimidait ordinairement les innocents et parce que plusieurs fois il avait fait verser des pleurs à de pauvres jeunes femmes, crut jouer au plus fin et lui dit :

— Votre maîtresse est gravement compromise, vous l'êtes aussi, puisque vous la servez ; dites donc la vérité, et il n'en résultera rien pour vous.

Il était évident que cet érudit en lois ne connaissait nullement le cœur des vrais serviteurs, et encore moins celui des nègres. Maïa haussa les épaules et répliqua qu'elle ne savait pas ce qu'il voulait dire.

L'interrogatoire continua.

— Qu'avez-vous fait dans la journée du 6 novembre ? — Mon service habituel.— Êtesvous sortie de chez votre maîtresse ? — Comme chaque jour, probablement.— Êtes-vous allée au petit village de Voreppe ?— Quand M. Gaston a été rapporté blessé, j'y suis allée porter une lettre de la part de Mme la comtesse.

— Avez-vous entendu parler des causes de l'accident ?

— Oui. Un braconnier.

— Aviez-vous à vous plaindre du chevalier ?

— Non ; il a toujours été excellent pour ma
maîtresse.

— Et pour vous ?

— Vous saurez que pour un nègre le maître
est tout ; si le maître est content, le nègre
l'est aussi. M. le chevalier aimait beaucoup Mme la comtesse, je n'avais rien contre
lui.

— Vous n'avez rien à avouer ?

— Non.

— Allez ; vous serez mise en prison préven-
tive. Maïa sortit. Quelques instants après, on
annonça Mme la comtesse de Villiers.

Le procureur la fit asseoir : c'était une
grande dame qui pouvait peut-être lui être
utile.

Marbréa avait les lèvres plissées, et regardait ce jeune homme avec un souverain mépris.

Avant qu'il eût pris la parole, elle lui dit :

— Je crois, monsieur, que vous avez fait
mander ma cameriste : si c'est pour quelques
services à vous rendre, je la mets à votre disposition ; quant à moi, je m'étonne de la liberté
que vous avez prise.

— Madame la comtesse m'excusera, reprit

l'homme de loi en s'inclinant, quand elle saura
que j'agis au nom de la justice.

— Et qu'ai-je à faire avec la justice?

— Madame, je suis à la recherche des au-
teurs d'un crime, et je dois prendre toutes les
mesures nécessaires pour m'éclairer.

— Peut-on savoir quel crime a été commis?
interrompit la comtesse en souriant ironique-
ment.

— Madame, la mort de M. le chevalier Gaston de Villiers, qui avait été attribuée à un
accident, est le résultat d'un assassinat.

— Alors, j'espère, monsieur, que vous em-
ploierez tout votre pouvoir à trouver le coupable; car j'aimais fort M. de Villiers, et je
serai la première à faciliter les recherches,
pour que justice lui soit rendue; quant à vous,
monsieur, je vous crois trop intelligent pour
faire fausse route.

Et elle lui montra ses belles dents.

— Déjà, à la mort du chevalier, des recherches ont été faites; mais l'enquête n'a pas eu
de suites, et on crut que la balle extraite venait
d'un fusil de braconnier. Aujourd'hui, j'ai toutes les preuves en main.

— Et croyez-vous que le meurtrier soit ma
femme de chambre? dit la comtesse en riant

aux éclats ; alors elle serait plus forte que moi,
qui n'ai jamais été bien adroite à tirer.

D'ailleurs, pourquoi aurait-elle tué le comte ?
Cette accusation tombe d'elle-même, elle ne
repose sur rien.

— Madame, si elle n'a pas tiré, elle est complice.

— C'est là que je vous attendais, monsieur
le procureur : point de causes criminelles sans
complices, c'est l'affaire des avocats.

— Madame, vous avez tort de railler ; vous
serez vous-même obligée d'assister à l'au-
dience, qui aura lieu bientôt ; car il n'y a
aucune affaire en instance actuellement.

— C'est pourquoi, reprit la jeune femme,
vous devez vous distraire... Fort bien!... Serais-je aussi compromise?

— Certes non, madame ; seulement la négresse est à votre service, et vous aurez à
justifier de l'emploi de son temps pendant deux
journées.

— J'avoue que ça me sera assez difficile ;
car elle s'occupe tant de moi, et moi si peu
d'elle, que souvent elle est dans un coin de
mon appartement que j'ignore même sa présence, ce qui, par parenthèse, est fort gênant ;
car je pourrais me livrer tout haut à mes ré-

flexions, et peut-être commettrait-elle quelque
indiscrétion.

Heureusement que Maïa est muette comme
la tombe.

Le procureur, dans l'intention de donner du
jour à l'affaire, comme disent ces messieurs,
lut la déclaration de l'abbé.

— Ce que je vois de plus clair dans tout
cela, dit la comtesse, c'est qu'il n'y aura personne de condamné, puisque le coupable est
mort. Ce sera moins agréable !

Allons, j'espère que vous me rendrez bientôt
ma négresse; car elle m'est fort utile.

— Madame, votre camériste est au secret.

Le bruit s'était promptement répandu que
l'accident arrivé à M. de Villiers était un assassinat, et que la justice s'était saisie de l'affaire.

Marbréa, dont les chevaux attendaient à la
porte, se rendit immédiatement chez elle.

Son premier soin fut d'aller chez la mère du
chevalier, et à cette mère qui l'aimait, elle raconta tout.

La douairière chérissait la comtesse à l'égal
de ses enfants; elle s'était d'abord prise de
compassion pour cette belle jeune fille de seize
ans, orpheline, devenue veuve aussitôt après

avoir prononcé le *oui* de son mariage, qui se trouvait tout à coup privée de l'unique appui qui lui restait, de son frère Gaston, mort si malheureusement.

La vieille comtesse l'avait aussi prise en affection véritable pour les soins qu'elle avait donnés à son dernier fils, et pour ceux qu'elle-même en avait reçus; car Marbréa était fort attentionnée pour sa belle-mère, à qui elle semblait prendre à tâche de faire oublier les malheurs qui frappaient sa maison. On pouvait dire que, si Mme de Villiers avait perdu ses fils, elle avait retrouvé une fille.

Aussi, quand sa belle-fille lui eut communiqué le but et le résultat de sa sortie, elle chercha, par de bonnes paroles, à lui faire oublier ce qu'avait de pénible l'espèce d'interrogatoire qu'elle venait de subir.

— Sans doute, ma fille, lui dit-elle, j'ai été bien cruellement frappée en perdant mon Gaston; j'ai été la première à provoquer des recherches sur sa mort, et j'ai aussi été la première à réclamer la tête du coupable en punition de celle qu'il me ravissait; mais Dieu s'est chargé de nous venger, puisque le coupable est mort; s'il y a des complices, — je ne le crois pas, — qu'on les recherche pour que justice soit faite. Mais qu'on vous laisse à moi, ma fille, et qu'on ne vous mêle en rien à ces débats provoqués par l'amour-propre des juges et non pour rendre justice à une honorable famille.

Quant à Maïa, son nom prononcé par le mourant ne laisse pas que de me surprendre.

Cependant, elle ne saurait être coupable, car mon fils, aimé de tout le monde, ne pouvait pas être haï uniquement par cette femme.

Rassurez-vous donc, ma chère enfant, Maïa vous sera rendue.

La comtesse attira à elle la femme de son fils aîné et la baisa au front. — Ce front était froid et couvert de sueur.

La jeune veuve se retira dans sa chambre, où elle écrivit plusieurs lettres.

Le procureur s'occupait activement de l'affaire ; les assises allaient s'ouvrir. — Maïa fut citée à comparaître comme complice du meurtre commis sur son maître. On lui nomma un avocat d'office.

La jeune veuve avait obtenu de voir sa négresse au secret. — Celle-ci, dans les conférences qu'elle avait eues avec l'avocat, avait adopté le système du silence et des dénégations, ce qui ne laissait pas d'embarrasser un peu le jeune homme.

Le seul témoin à charge était la déclaration de l'ancien garde-chasse ; les gens de la famille avaient à comparaître comme témoins à décharge.

Depuis la mort de Gaston, la jeune comtesse s'affaiblissait de jour en jour. Au blanc mat de son teint avait succédé une pâleur maladive, et ses joues commençaient à avoir l'éclat que donne la fièvre.

Il n'était bruit à Grenoble que des malheurs de cette jeune femme, si tôt veuve et qui, n'ayant pas vingt ans, avait déjà épuisé une série de malheurs, pour lesquels une vie tout entière n'eût pas été de trop.

Aux allusions qu'on faisait à ses malheurs, et aux conseils qu'on lui donnait sur sa santé, elle secouait mélancoliquement la tête et répondait : A vingt-deux ans, j'aurai vécu une vie de quarante : votre France, messieurs, est un pays où l'on vit vite.

Le jour des assises arriva. — La salle ne tarda pas à être remplie. La jeune comtesse s'y rendit avec quelques amis de la maison ; elle était en deuil et l'état de pâleur de son visage était étrange.

Un huissier annonça la cour : un grand silence se fit.

— Qu'on introduise l'accusée, dit le procureur que nous connaissons déjà.

Escortée de gendarmes, la négresse parut ; son premier regard fut pour la salle, où elle cherchait à découvrir quelqu'un.

Ses yeux rencontrèrent ceux de Marbréa qui se séchèrent tout à coup, de limpides qu'ils étaient, et lancèrent un éclair auquel Maïa sembla répondre en montrant ses dents blanches.

Le procureur lut l'acte d'accusation, qui établissait la camériste de Mme la comtesse de Villiers complice du meurtre qui avait été commis deux mois auparavant.

Le procureur demanda à la négresse si elle avait quelques objections à faire.

Maïa garda le silence.

Toutefois, interpellée de nouveau, elle répondit : — On m'accuse d'avoir été complice dans l'assassinat de mon maître ; on devrait savoir que, quand les nègres comme moi sont mécontents de leurs maîtres, ils agissent eux-mêmes ; et, femme ou homme, on n'a pas besoin du secours des autres pour se venger.

— Mais enfin, répliqua le président, cette

déclaration d'un homme qui va mourir, n'est-elle pas d'un poids irrécusable? Maïa se tourna à demi vers l'assemblée et dit :

— Si j'eusse voulu assassiner, je me serais servie du poison, car c'est l'arme de mon pays, et il n'eût laissé aucune trace, ni, pour le médecin, ni pour vous, monsieur le président : Voici ce que j'avais à dire ; puis elle s'assit.

Cette réponse de la négresse produisit un effet incroyable sur l'auditoire.— On chuchotait aux tribunes.

— Madame la comtesse n'a rien à ajouter, soit pour la défense, soit pour l'accusation de sa cameriste? demanda le président.

Marbréa, d'une voix calme et assurée, répondit :— Si monsieur le président veut bien peser le sens de la réponse que vient de faire la négresse, l'accusation portée contre elle disparaît.

La voix sonore et presque sympathique de cette belle jeune femme, vêtue de noir, ajouta encore à l'effet qu'avait produit la réponse précédente.

Les autres témoins entendus déchargèrent complétement Maïa.

La défense avait été confiée, comme nous l'avons dit, à un jeune avocat. Il chercha à prouver comme quoi sa cliente n'avait pas prêté la main à l'assassinat du comte; qu'eût-elle eu à se venger de son maître, elle n'eût pas, ainsi qu'elle l'avait dit, recouru à un artifice grossier, tandis qu'il lui était si facile de se servir du poison.

Il conclut en disant, qu'au reste, eût-elle tombé dans le piége qu'on lui tendait, elle n'était tout au plus que l'instrument d'une vengeance autre; et qu'on devait chercher plus haut l'instigateur du crime.

Cette conclusion, à laquelle on s'attendait si peu, fit comme froid dans l'assemblée.

— A Dieu ne plaise, ajouta le jeune avocat, que je veuille faire planer des soupçons sur une autre tête, convaincu, comme je le suis, que l'unique coupable est soustrait à la justice humaine; cependant j'ai voulu ajouter ces mots, pour prouver combien l'accusation était banale.

Ma cliente n'a donc pas prêté la main à un meurtre : eût-elle eu une vengeance à accomplir, son intérêt l'engageait à employer un moyen plus sûr; en outre, ce motif de vengeance n'existait même pas, puisque M. de Villiers a toujours eu avec elle et sa maîtresse des rapports excellents, je ne réclame donc pas l'indulgence de messieurs les jurés, je les con-

jure seulement de réfléchir au peu de sens que
cette accusation avait.

Interrogée si elle avait quelque chose à
ajouter à sa défense, Maïa, qui semblait n'a-
voir prêté aucune attention au plaidoyer, se
leva et dit :

— Mon avocat vous a fait entendre, qu'au
surplus je n'étais que l'instrument d'une vengeance qui partait de plus haut ; je lui répondrai qu'il n'y a que deux vengeances pour un
nègre : la vengeance personnelle ou la vengeance qu'il exerce pour ses maîtres. — Je
n'avais point à me venger de M. le chevalier et
ma maîtresse aimait M. son beau-frère et en
était aimée. — Hors ces deux vengeances, les
nègres ne servent pas celles des autres. —
Notre vengeance à nous est toujours intéressée,
soit qu'elle vienne de nous, soit qu'elle parte
de nos maîtres, car dans ce dernier cas encore, nos maîtres sont nous.

Un murmure de satisfaction courut dans
l'auditoire.

Le procureur impérial répliqua :

— Cette femme, pour laquelle on a si chaleu-
reusement parlé, est coupable aux yeux de la
justice qui ne se pare pas de vains mots. —
Je ne le prouverai qu'en citant les propres pa-

roles de l'assassin en mourant. Un homme
qui, prêt à paraître devant Dieu, révèle un
crime déshonorant, agit ainsi pour mettre sa
conscience en repos ; il n'ira donc pas sans
raison mêler un nom étranger à sa déposition.
Il a cité le nom de la négresse, il a même spé-
cifié la part qu'elle avait eue à ce crime. —
Cette femme est donc coupable : l'accusée a
parlé de poison, et comment eût-elle apporté
de la Guadeloupe ce poison, puisqu'alors elle
ne connaissait pas la famille de Villiers ? —
Elle a réclamé le bras d'un autre parce qu'elle
n'avait que ce moyen à sa disposition. — Le
poison dont elle parle n'existe pas dans nos
pays, et si elle en eût possédé, elle ne se fût
point exposée à ce que son crime pût être
puni ; je réclame donc pour elle l'application
de la loi.

Le jeune avocat répliqua en quelques mots.

— Dans une cour d'assises, dit-on, il y a
deux hommes. — L'un, qui représente la justice, sollicite du geste, du regard, et par sa
parole une victime ; c'est son droit, son devoir
même, je n'ai pas à discuter ce fait. — L'autre
homme qui veut, lui, ravir une tête d'accusé,
et pour qui d'ordinaire est l'auditoire, a toujours un défaut à sa cuirasse : on lui demande

des preuves de l'innocence de son client, il ne peut que raisonner. — Et ces preuves palpables que vous demandez, Messieurs, [croyez-vous que si elles étaient en notre possession, nous ne les produirions pas ?

« Vos preuves d'accusation paraissent presque toujours inattaquables, tandis que celles de non-culpabilité sont souvent enveloppées d'un nuage. — J'ai voulu déchirer ce nuage ; pour l'auditoire il l'est, pour la justice, non ; prenez garde cependant, qu'une fois votre sentence prononcée, les faits ne viennent démontrer la nullité de vos preuves. »

La cour allait se lever pour délibérer, quand la négresse, sur laquelle Marbréa avait les yeux fixés, tira de son sein un flacon dans lequel se trouvait un reste de liqueur olivâtre ; elle l'ouvrit au moyen d'un ressort et le montra aux juges en disant : Le poison que vous niez être en ma possession, le voici ; n'eussé-je pas pu m'en servir ? et avec un geste plus rapide que la parole, elle le porta à ses lèvres. — La jeune comtessse s'était élancée vers l'accusée ; elle fit voler le flacon qui se brisa sur les dalles de la salle ; mais il était trop tard, la négresse avait bu.

L'acquittement ou la condamnation devenait inutile ; Maïa était morte.

La cour rendit un verdict de non-culpabilité.

Marbréa rentra au château affaiblie et pou-
vant à peine se soutenir, elle fit prendre soin
du corps de Maïa et s'enferma dans sa chambre.

Tous les amis de la famille assiégèrent le
château ; la jeune veuve ne parut pas, elle
reçut plusieurs lettres ; toutes restèrent sans
réponse.

V

La mère de Gaston manifesta quelque temps
après le désir de quitter cette terre, qui, à elle
aussi, rappelait de si tristes souvenirs. Elle
partit pour Paris avec la jeune comtesse. —
Elles ne parurent dans aucun salon; il n'y
avait que les intimes qui fussent admis à voir
ces deux femmes, toutes deux si malheu-
reuses, et dont l'une avait une destinée si
étrange.

Parmi les habitués de ce cercle intime, se
trouvait le jeune baron *** que nous avons vu
au commencement de cette histoire, au Café
de Paris. — Nous savons qu'il avait été un
des premiers soupirants auprès de la jeune
Marbréa après son arrivée en France. —
Evincé par le comte Georges, il était resté
ami.

. La fréquentation nouvelle de cette jeune
fille si attrayante sous son costume de veuve,
et qui semblait dépérir chaque jour dévorée
par un mal caché, raviva en lui les sentiments
d'autrefois. — Il savait que la comtesse
avait aimé Gaston et il ne trouva rien de
mieux que de lui parler d'abord de cet homme,
mort si malheureusement. — La comtesse
l'écoutait ; mais il ne s'apercevait pas que
chaque fois qu'il causait de cet événement, les quelques couleurs qui coloraient le
teint d'ivoire de la jeune veuve, s'évanouis-
saient ; le sang alors paraissait refluer vers le
cœur.

Peu à peu, il parla de lui, de son amour
patient, et déclara à la comtesse qu'il l'adorait
plus que jamais.

A cette déclaration, la comtesse sourit ;
mais d'un sourire de malade à qui les médecins promettent la santé aux beaux jours ;
sa lèvre se plissa, on eût dit une ironie. Le
baron revenait chaque jour, et chaque jour il
voulait persuader à madame de Villiers que
jamais aucune femme ne la remplacerait dans
son cœur.

— Prenez garde, lui dit un jour la veuve
de Georges en le fixant dans les yeux, ne

m'approchez pas, je porte malheur à ceux qui me touchent.

— Dussé-je mourir à vos pieds, Marbréa, que j'aspirerais encore au bonheur d'effleurer vos lèvres de mon souffle.

— Non, dit la comtesse ; c'est insensé ce que vous faites, vous ne m'aimez pas, est-ce que les hommes savent aimer? D'ailleurs je retournerai dans mon pays, c'est là qu'est ma mère et je veux être mise à côté d'elle; il fait si froid dans vos cimetières ! Le baron prit les mains de Marbréa, elles étaient glacées.

— Comme vous avez froid ! dit-il.

— Touchez là, répliqua-t-elle, en approchant les mains de son cœur : il était brûlant.

— Mais, je vous aime à en devenir fou, s'écria le jeune homme en la pressant dans ses bras. Quelle preuve voulez-vous de mon amour?

Marbréa secoua la tête. — Vous m'aimez, dit-elle, de passion, peut-être ; d'amour, non !

— Je vous le jure, dit le baron, parlez, que faut-il faire, je le ferai.

— Eh bien, dit la comtesse en se rapprochant, voici une petite clef, demain, à onze heures, au lieu de sortir avec les autres, restez dans le jardin : quand vous verrez une lumière dans ma chambre, vous monterez et attendrez dans l'antichambre ; demain à cette heure, je saurai si vous m'aimez, et vous serez guéri de votre folle passion. — Le baron, ivre de joie, s'élança hors de l'appartement, après avoir pris la petite clef qu'il serra précieusement.

La journée du lendemain se passa fort triste à l'hôtel de Villiers ; Marbréa ne prit presque pas de nourriture. Les pommettes de ses joues étaient redevenues roses, ses yeux brillaient d'un éclat fiévreux. Le soir, le baron se retira avec tout le monde. — Toutefois au lieu de sortir de l'hôtel, il se glissa dans le jardin et alla s'asseoir sur un banc en attendant le signal convenu.

A l'heure indiquée, un rideau fut tiré et le baron put voir une lumière dans le boudoir de Marbréa ; il se leva fort agité et monta jusqu'à l'antichambre dont il avait la clef.— Là, il attendit. — Au bout d'un instant, la comtesse vint lui ouvrir.

La demi-lueur que répandaient les lampes, dont était éclairé l'appartement , semblait disposée à donner du jour à un sombre mystère.

Le baron éprouvait une certaine gêne ; mais

il se remit bientôt en voyant cette femme, objet de ses convoitises, dont la beauté resplendissait dans tout son éclat.

La comtesse était allée s'asseoir sur une chaise longue, — elle était en peignoir de batiste échancré sur la poitrine et bordé d'une dentelle. Ce peignoir seul couvrait la gorge, mais la chair était si blanche qu'aucune teinte rose ne paraissait à travers le tissu. — Sur ses épaules tombaient en abondance de beaux cheveux noirs, si souvent admirés : une seule chose annonçait que cette statue était animée, c'étaient les deux yeux fauves qui flottaient dans leur orbite.

Le baron était stupéfait de tant de beauté. Il n'osait plus ; il était anéanti. — Mais l'odeur de verveine dont étaient imprégnés les vêtements de Marbréa, lui rappela que cette femme était depuis quelque temps l'objet d'une violente passion. Il s'approcha de la comtesse, se mit à genoux, lui prit la main et la porta à ses lèvres.

— Vous m'aimez donc ? lui dit superbement cette femme, qui savait si bien être reine.

— Eh quoi, tu en doutes ? répliqua avec passion le baron en la saisissant dans ses bras.

— Moi aussi, j'ai aimé ! murmura la jeune femme. Hélas ! je n'ai jamais pu lui dire : je serai à toi, et cependant il m'aimait aussi... puis elle soupira.

— Mais, pourquoi soupirer, Marbréa, quand tu as le bonheur à tes pieds ? Tu es jeune et belle, tu es riche, viens avec moi dans ton pays, puisque tu l'aimes, je te suivrai partout. Jusqu'alors, tu as souffert, mais tu n'as pas encore vingt ans. — O Marbréa, ne sois pas sourde à mes prières ; car, vois-tu, je t'aime, et rien désormais ne me séparera de toi. A ce moment le baron semblait, lui aussi, fasciné par cette femme, et dominé par l'amour qu'elle déversait par tous les sens.

— Ah ! rien ne vous séparera de moi, lui dit en souriant Marbréa.

Dites-vous vrai ?

— Je le jure.

Marbréa se dégagea de l'étreinte de cet homme, ouvrit la batiste qui couvrait sa poitrine et la montra à nu.

Le baron poussa un cri et tomba anéanti.

Une tache verdâtre, qui semblait envahir toute la poitrine, couvrait déjà le bas du sein droit : le côté était déjà rongé, une ligne encore séparait le mal du cœur.

— Eh quoi, déjà ! lui dit-elle en saisissant sa main. Approchez. Elle attira à elle le baron et lui fit toucher cette poitrine que tout à l'heure il brûlait d'étreindre.

Le jeune homme retira sa main comme s'il l'eût posée sur une lame froide ; il voulut l'essuyer, car il avait senti comme le contact d'une substance gélatineuse qui collait à ses doigts.

— Soyez tranquille, lui dit la comtesse, ça ne tache pas ; mon peignoir est aussi sain que s'il ne m'eût pas touché. Le mal qui me dévore est interne, il gagnera bientôt le cœur ; mais j'ai encore deux mois pour cela, et j'aurai le temps d'aller me coucher auprès de ma mère.

Mais quoi, amoureux transi, vous avez peur de la mort, et tout à l'heure vous me juriez un amour éternel ? — Ah ! comme je savais bien comment vous arrêter. Eh quoi, j'aurais pu encore, pour expier une faute de moi connue, me déshonorer, me livrer à vous que je n'aime pas, et vous eussiez été heureux ! — Mais Dieu a bien fait tout : l'expiation eût été au delà de mes forces. — Votre amour s'évanouit, pourquoi ? Parce que ma chair n'est pas aussi blanche que vous vous l'étiez imaginé

— Bel amour que le vôtre! Voilà comme vous aimez, vous. Et du regard elle écrasa le baron qui s'était dirigé vers la porte.

Il voulut balbutier quelques mots. Marbréa avait rapproché son peignoir sur sa poitrine, elle prit un flacon. — Voici, dit-elle, ce qui a fait que vous m'avez trouvée laide. Le baron reculait toujours.

— Oh! n'ayez pas peur, ajouta-t-elle, j'ai encore besoin de quelques gouttes; j'en suis avare, il n'y en a plus beaucoup. — Elle referma le flacon après en avoir imbibé un morceau de sucre qu'elle mit dans sa bouche; puis elle s'approcha du comte en lui disant : Cette clef ne peut plus vous servir, donnez-la-moi.

Elle ouvrit la porte de sa chambre, et, pressant sur un bouton, l'antichambre et l'escalier se trouvèrent éclairés.

— Vous savez par où vous êtes venu? lui dit-elle.

Et elle tourna le dos au baron qui disparut.

Seule de nouveau, Mme de Villiers se laissa tomber sur sa causeuse et donna un libre cours à ses larmes. Elle n'avait pas encore de sa vie pleuré. Mais on n'en arrive pas à ce qu'elle venait de faire sans avoir tendu ses forces jusqu'aux dernières limites.

Seulement, quand on est arrivé au bout, les nerfs reprennent le dessus et l'humanité reparaît.

Trois jours après, Marbréa s'embarquait pour la Guadeloupe.

FIN.